A Faint Cold Fear Thrills Through My Veins · William Shakespeare

Zu diesem Buch

Nein, Uwe Kurz war es nicht. Er ist flüchtig, ja – aber er hat es nicht getan. *Ich* habe ihn umgebracht! – Warum mir Schwarz und Hülfenhaus ein Alibi geben? Keine Ahnung. Sie lügen. *Ich* bin der Mörder ...

Einer will's gewesen sein.

Nämlich Gerhard Bengler, 42, Buchhalter der Jerxheim KG (Uhren und Schmuck) und Chef (‹Fährmann›) der ‹Gemeinschaft der Bußfertigen›, einer Sekte, die einen gewissen Aufschwung nimmt in der letzten Zeit, nachdem sie unter Bruder Hirsekorn jahrelang verkümmerte ... Ist Bengler der bessere ‹Fährmann›? Oder liegt es daran, daß Hirsekorn junior aus dem Ruder läuft, fanatisch wird, Geißlerumzüge auf dem Kurfürstendamm inszeniert und so für Presse sorgt?

Einen Ritual-Selbstmord hat es auch schon gegeben.

Aber das schlimmste ist, daß ein wichtiger Finanzier der ‹Gemeinschaft der Bußfertigen› sich in Wahrheit nur den Nachwuchs für seine abartigen Sexspiele unter den jüngeren Mitgliedern gesucht hat. Skandal und Verbot drohen.

Da greift ‹Fährmann› Bengler ein. Er erschlägt den Wüstling. Und dann stellt er sich, nach langem Ringen, der Polizei. Er will büßen ... Will er auch PR machen? Wenn ja: für wen? Für die ‹Gemeinschaft der Bußfertigen›? Oder für sich selbst?

Aber sie wollen ihn nicht büßen lassen?

Sie geben ihm ein Alibi.

Außerdem liegen vor: *Einer von uns beiden* (Nr. 2244), *Von Beileidsbesuchen bitten wir abzusehen* (Nr. 2250), *Stör die feinen Leute nicht* (Nr. 2292), *Ein Toter führt Regie* (Nr. 2312) und *Es reicht doch, wenn nur einer stirbt* (Nr. 2344) sowie die beiden Kurzgeschichtenbände *Mitunter mörderisch* (Nr. 2383) und *Von Mördern und anderen Menschen* (Nr. 2466). *Kein Reihenhaus für Robin Hood* ist verfilmt worden und liegt sowohl als Taschenbuch (Nr. 2575) – wie auch als Buchausgabe vor. Weitere Bücher des Autors sollen folgen.

-ky

Einer will's gewesen sein

rororo

Rowohlt

rororo thriller
Herausgegeben von Richard K. Flesch

1.–20. Tausend	Januar 1978
21.–25. Tausend	Januar 1979
26.–30. Tausend	Mai 1980
31.–36. Tausend	April 1981

Erstausgabe
Veröffentlicht im Rowohlt Taschenbuch Verlag GmbH,
Reinbek bei Hamburg, Januar 1978
Redaktion K. Schelf
Umschlagentwurf Ulrich Mack
Umschlagtypographie Manfred Waller

Satz Aldus (Linotron 505 C)
Gesamtherstellung Clausen & Bosse, Leck
Printed in Germany
480-ISBN 3 499 42441 x

Die Hauptpersonen

Gerhard Bengler	ein verhinderter Erzengel mit Komplexen, der nicht erst zu fallen braucht.
Jerxheim	ein Vertreter des Großbürgertums, der an seinen unbürgerlichen Neigungen stirbt.
Uwe Kurz	ein keineswegs ganz unschuldiges Opfer, das überlebt.
Roland Anterhaus	ein Opfer.
Marietta Ronnets	eine Nymphomanin auf der Seite der stärkeren Bataillone.
Dr. Hülfenhaus	ein Mann von Welt, der erfolgreich über seine Verhältnisse lebt . . . anfangs.
Dipl.-Kfm. Schwarz	ein Mann mit, wie sich herausstellt, etwas alttestamentarischen Ansichten.
Bruder Hirsekorn	ein Mann, der im Mittelalter Karriere gemacht hätte.
Pfarrer Heidenreich	ein stilles – und darum tiefes – Wasser.
Kriminaloberkommissar Mannhardt	ein Linker (nach Ansicht von Dr. Weber).
Dr. Weber	ein Armleuchter (nach Ansicht von Mannhardt).
-ky	ein Anonymus, nach wie vor, der auch nur bedingt Licht in die Sache bringt.

Eine unserer größten Wohltaten
an der Menschheit ist es, den Aberglauben
und den Fanatismus zu stürzen.

Voltaire

An diesem Roman ist alles erfunden –
nur die Angst ist echt.

-ky

Danach I

In einem Restaurant am Kurfürstendamm, mit Blick auf die Gedächtniskirche. Ein trüber Novembertag. Ich rühre in meiner Hühnerbrühe. Ein Stich mit dem Löffel, und die Blase mit dem Eigelb springt auf.

Mannhardt – vielleicht bekommt er Ärger deswegen, vielleicht auch nicht – öffnet seine Aktentasche und zieht das für mich bestimmte Material heraus. Langsam, Blatt für Blatt. Zeitungsausschnitte, Gerichtsprotokolle, Gutachten, Fotos. Dabei tut er angespannter als einer, der beim Pokern die Karten auf den Tisch legt. Zum Schluß eine Traueranzeige.

Wir reden ein Weilchen über Bengler.

Der Ober bringt die Steaks. «Zweimal *medium* . . . Guten Appetit.»

Wir bedanken uns und schieben die Sachen zusammen.

Ich schneide mein Steak auf und tupfe das wäßrige Blut mit einem Stück gebackener Kartoffel vom Teller.

«Hier, wie find'sten das Tatortfoto hier?» fragt Mannhardt.

Ich zucke zusammen.

«. . . und das hier, das sind die anderen Bilder . . .»

Schultern. Rücken. Gesäße. Menschliches Fleisch, von cañontiefen Furchen durchzogen, von Lederpeitschen zu losen Streifen zerschnittene Haut . . . Ich hätte nicht gedacht, noch so empfindlich zu sein.

«Nu kotz man nich gleich», sagt Mannhardt und läßt die Aufnahmen unter einem großformatigen Foto verschwinden: Bengler auf seiner Kanzel, mit himmelwärts gereckten Armen, den Mund zu einem großen O geöffnet.

«So 'n Udo Jürgens-Typ, so 'n bißchen verhungert . . . So was zieht immer», sage ich; «so was mögen die Leute – Stichwort: Charisma. Würd ich ihm schon zubilligen.»

«Du hätt'st ihn erst mal *live* erleben sollen.»

«So 'n Typ, der kann einen schon mitreißen – oder?»

Mannhardt sieht beiseite, als ich ihn mit einem schnellen Blick streife.

«Wie ist der denn eigentlich auf die Idee mit der Sekte gekommen?» frage ich.

«Der alte Hirsekorn, bei dem er vor Jahren mal als Untermieter gewohnt hat, der ist der eigentliche Sektengründer. Und der hat dann irgendwann mal die große Erleuchtung gehabt: Bruder Bengler soll das große Werk fortführen, das du begonnen hast. Wenn ich mich nicht irre: abends oder nachts, nach einem Gottesdienst im Freien, draußen an der Havel.»

«Na bitte: ‹Im Grünen fing's an und endete blutigrot.›»

«-ky?»

«Nee, Tuchols-ky.»

1

Viele waren gekommen.

Seine Gemeinschaft der Bußfertigen hatte sich zum ersten Gottesdienst im neuen Betsaal in der Schlüterstraße zusammengefunden.

Als sie jetzt ihr Lied anstimmten, schien es ihm, als hätten sie sich alle hierher auf dies winzige Schifflein geflüchtet, um gemeinsam über das stürmisch-dunkle Meer zu fahren, das da Leben hieß; so verzagt und hoffnungsvoll zugleich, so klang es jedenfalls.

Ich bin getauft auf deinen Namen,
Gott Vater, Sohn und heilger Geist;
ich bin gezählt zu deinem Samen,
zum Volk, das dir geheiligt heißt . . .

Bengler verlor minutenlang die Kontrolle über sich, Vision und Wirklichkeit verschmolzen miteinander; es geschah nur noch mit ihm. Sie waren zu *ihm* gekommen – Suchende, Hilflose, Gestrandete. *Er* war ihre letzte Hoffnung. Sie alle hatten sich *ihm* ausgeliefert. *Ich will von nun an euer neuer Fährmann sein!* Hin zu den Ufern, zu Trost und Erlösung.

Die Bretter unter seinen Füßen schwankten. Er umklammerte das Rednerpult.

Ich bin in Christum eingesenkt,
ich bin mit seinem Geist beschenkt . . .

Er bekam sich wieder in den Griff, indem er sich auf die Erklärung konzentrierte, die er für die Presseagenturen vorbereitet hatte. Der Stapel mit den übriggebliebenen Exemplaren lag neben seinen Notizen und dem Ablaufdiagramm des heutigen Gottesdienstes.

Unser von allen geliebter und verehrter Bruder Johannes R. Hirsekorn, so hatte er formuliert, ist im letzten Oktober nach einem reichen und vom Glaubenskampf erfüllten Leben heimgegangen, aber sein großes Werk, das er vor mehr als vierzig Jahren ins Leben gerufen hatte, unsere Gemeinschaft der Bußfertigen, lebt in den Herzen all derer fort, die heute den Weg zu dieser neuen und schönen Stätte der Andacht gefunden haben und ihr Lebensschiff nun dem neuen Fährmann anvertrauen, unserm Bruder Gerhard Bengler . . .

Ob die Pressefritzen das in dieser Form auch schluckten?

Ob Jerxheim mit seinem Text zufrieden war?

Wie hatte er noch mal geschrieben: Wir haben aber nicht nur unserm alten Fährmann von ganzem Herzen zu danken, sondern auch einem Manne, dessen finanzielle Opfer uns den Ankauf und den Umbau dieses alten Kinos erst ermöglicht haben: Bruder Jerxheim. Wie viele Geschäftsleute hat auch er den Weg zu uns gefunden . . . Und so weiter, und so weiter.

Bengler war wieder so nüchtern geworden, wie er sein mußte, um gut zu sein. Nur keine Aufregung, sagte er sich, das hier ist ein Geschäft wie jedes andere auch. Der liebe Gott ist wieder gefragt, der Markt ist da. Die Leute suchten nach dem Sinn ihres Lebens, und du hast die Mittel dazu, ihre Bedürfnisse zu befriedigen.

. . . willst in aller Not und Pein,
o guter Geist, mein Tröster sein.

Das Lied war verklungen, und Bengler räusperte sich, um anzudeuten, daß er nun zur Predigt kommen wollte. Ärgerlich nur, daß er gestern in der Eile ein Lied ausgewählt hatte, das dem Aufbau dieser Predigt irgendwie zuwiderlief. Anlaufschwierigkeiten . . . Dennoch kam er ziemlich schnell in Fahrt. Dieser Programmpunkt zielte darauf ab, den Leuten klarzumachen, wie gotteslästerlich und voller Sünden ihr aller Leben war.

«Heuchler! Pharisäer!»

Seine Worte trafen sie wie Peitschenhiebe. Sie duckten sich, sie zogen ihre Köpfe ein. Bengler fand, daß er heute wirklich gut in Form war. Er holte noch einmal tief Luft.

«Ich mag keinen ansehen, der hier vor mir sitzt – so sehr steht ihm seine Sündhaftigkeit im Gesicht geschrieben . . . *Stolz*: Mit welcher Überheblichkeit, mit welcher Arroganz seht ihr doch auf die Türken herab, die hier unter uns leben und arbeiten! *Geiz*: Was habt ihr bisher für die Hungernden in aller Welt gespendet? Pfennige nur, Pfennige! *Unkeuschheit*: Ansprechen, anmachen, abschleppen! Immer gleich in die Betten! Pornofilme! – *Neid . . . Zorn . . . Unmäßigkeit . . . Trägheit!*»

Bengler machte eine Pause, so als ersticke der Ekel, den er jetzt empfand, jedes weitere Wort. Abscheu ausdrücken! befahl er sich. Sie mit deinen Blicken niederzwingen . . . Sie müssen sich alle unendlich schlecht vorkommen, sie müssen sich alle hohl und leer fühlen, faulig und verloren . . . Er donnerte weiter.

«Jeder in diesem Saal, ich wiederhole: *jeder*, hat heute schon geflucht über die Wünsche, die die Alten an ihn herantragen, Vater und Mutter, Großvater und Großmutter: etwas einholen, etwas reparieren, etwas unterlassen. Und jeder hier und jede hat schon begehrlich andere Frauen und andere Männer angestarrt . . . Ja, wißt ihr denn nicht, was der Herr zu Mose gesprochen hat:

‹Wer seinem Vater oder seiner Mutter flucht, der soll des Todes sterben. Sein Blut sei auf ihm, daß er seinem Vater oder seiner Mutter geflucht hat.

Wer die Ehe bricht mit jemandes Weib, der soll des Todes sterben, beide, Ehebrecher und Ehebrecherin, darum daß er mit seines Nächsten Weibe die Ehe gebrochen hat.›»

Wieder hielt er inne. Dann wurde er so leise, daß man ihn kaum noch verstehen konnte.

«Sicher – die Todesstrafe ist abgeschafft bei uns und die Blutrache auch. Aber denken wir doch mal an die Unfälle in unserem Lande: 18 000 Verkehrstote in einem Jahr. Oder denken wir an die steigende Kriminalität, Mord und Totschlag, tausendfach. Denken wir an die Krankheiten, die Seuchen – Krebs, Herzinfarkte . . . Und da sage mir noch einer, er hätte keine Strafe zu fürchten für sein sündhaftes Tun!»

Damit hatte er sie endgültig am Boden. Dies war ‹der Punkt›, wie die Boxer sagen; den muß man treffen, und man hat gewonnen . . . Daß sie da von vornherein empfindlich waren, das lag auf der Hand; sonst wären sie nicht hergekommen. Jetzt war es an der Zeit, ihnen den Rettungsanker zuzuwerfen und ihnen den Weg zu zeigen, wie sie ihrer verdienten Bestrafung entgehen konnten . . . Bengler versuchte, seiner Stimme Posaunenklänge beizumischen.

«Doch spricht auch jetzt der Herr: Bekehret euch zu mir von ganzem Herzen mit Fasten, mit Weinen, mit Klagen.» Das war Joel 2/12, und er fügte schnell Matthäus 3/1 hinzu: «Tut Buße, denn das Himmelreich ist nahe herbeigekommen!»

Nun begann die Zeremonie, die für Bengler den Höhepunkt eines jeden Gottesdienstes darstellte, die Bekenntnis aller Sünden und das feierliche Gelöbnis zur ausgleichenden Sühne. Er hatte sie in seiner Presseerklärung wie folgt beschrieben:

> *Nach der Predigt ihres* FÄHRMANNES *eilen die Gläubigen zu den Diakonen, die inzwischen vorn unter dem Kreuz Platz genommen haben, damit in unserm großen* REGISTER DER BUSSE *festgehalten werden kann, wer in welcher Art und Weise seine Sünden zu tilgen gewillt ist. Für die Mitglieder der* GEMEINSCHAFT DER BUSSFERTIGEN *gibt es dabei im wesentlichen drei Möglichkeiten:*
>
> 1. *den Verzicht auf Genüsse ganz bestimmter Art,*
> 2. *die Verpflichtung zur Übernahme schwerer und schmutziger Arbeiten, die von alten und kranken Mitgliedern unserer Gemeinschaft nicht mehr geleistet werden können – und*
> 3. *die Gewinnung neuer Brüder und Schwestern für die* GEMEINSCHAFT DER BUSSFERTIGEN .
>
> *Wir stützen uns dabei auf die Heilige Schrift, und zwar auf das 4. und*

das 5. Kapitel im 3. Buch Mose, wo geschrieben steht: Wenn aber eine Seele vom gemeinen Volk etwas versieht und sündigt, daß sie wider irgend eines der Gebote des Herrn tut, was sie nicht tun sollte, und sich also verschuldet, und ihrer Sünde innewird, die sie getan hat, die soll zum Opfer eine Ziege bringen ohne Fehl für die Sünde, die sie getan hat . . .

Bengler verteilte seine Dokumentation an einige jüngere Männer, deren Habitus – Brille, Bart und Lederjacke – journalistische Aktivitäten vermuten ließ.

«Und mit Geld allein kann man sich nicht loskaufen, was?» lachte einer, nachdem er die Blätter überflogen hatte.

Idiot! dachte Bengler. Mal was von Tetzel gehört – Ablaßprediger 1465 bis 1519 (sein Zahlengedächtnis!) – und kommt sich schon wunder wie klug vor. Aber er beherrschte sich.

«Natürlich nicht», sagte er lächelnd. «Unsere Gläubigen spenden unabhängig davon, was sie getan haben. Im Zusammenhang mit einer Buße nehmen wir nur das Geld entgegen, dessen Ausgabe sich durch den Verzicht auf einen bestimmten Genuß erübrigt hat.» Bengler genoß seine geschliffenen Formulierungen. «Wir kennen ja weder das Privileg noch den Fluch der Kirchensteuer.»

Der Mann ging, und Jerxheim kam auf ihn zu, dunkelblau und feierlich gekleidet.

«Meinen Glückwunsch, lieber Bruder Bengler, und herzlichen Dank für Ihre lieben Worte des Dankes und der Anerkennung . . .»

Bengler verneigte sich leicht.

«Es war klug von uns – Ihre Wahl, meine ich; Ihre Bestimmung zum neuen Fährmann. Viele hatten sich ja für Hirsekorn junior ausgesprochen, der Sohn sollte dem Vater nachfolgen, aber . . .»

«Er ist zu wild, zu fanatisch! Seine fixe Idee mit den Kasteiungen . . .» Bengler warf einen ängstlichen Blick zu Hirsekorn junior hinüber.

«Sie verstehen es in einmaliger Weise, die Jugend für uns zu gewinnen», sagte Jerxheim, sehr wohlwollend.

Kunststück, dachte Bengler, wo sie doch zu Tausenden auf der Straße liegen: arbeitslos, ohne Lehrstelle, ohne Zukunft. Und dann die Geschäftsleute in der Gemeinschaft der Bußfertigen, die ihnen schon mal einen Job verschaffen . . . Das sagte er natürlich nicht; er gab sich vielmehr so ölig-theologisch, wie Jerxheim es von ihm erwartete:

«Sehen Sie, im Menschen ist das Bedürfnis nach Gott eingeschlossen, es ist archetypisch, wie Jung sagen würde – und Jung, mit Freud und Adler zusammen ein Vater der Psychoanalyse, Jung fragt ja auch ganz ausdrücklich: Wo werden wir Gott wiederfinden? Nun – *wir* hier, *wir* haben ihn wiedergefunden: in unserer Bereitschaft zur Buße. Und das merken diese jungen Menschen auch.»

«Sehr richtig.» Jerxheim nickte. «Und es freut mich besonders, daß so viele in Ihnen – obwohl Sie ja noch nicht so alt sind – schon richtig den Vater sehen.»

Wieder verneigte sich Bengler. So soll's auch sein, dachte er. Ihr Vater. Klar, das funktioniert immer: Gut ist der, der mich liebt und mir gehorcht. Wer mich nicht liebt und sich meinem Willen widersetzt, der ist böse und muß bestraft werden.

«Daß so viele heute gekommen sind . . .» Jerxheim zählte lautlos und war schon bei hundertzwanzig angelangt.

Bengler zuckte die Achseln. «Die Arbeitslosen, die Ausgeflippten, die Alten.»

«Da sitzen noch immer welche, die nicht nach vorn kommen wollen.» Jerxheim sah ihn aufmunternd an: «Ob Sie nicht mal . . .?»

Bengler gab sich einen Ruck und ging auf einen jungen Mann zu, der ungefähr in der achten Reihe saß, hingelümmelt wie in einem Liegestuhl. Spack, bläßlich, kümmerliches Bärtchen auf der Oberlippe, schwarze Lederjacke. Bengler hatte ihn schon bei der letzten Veranstaltung gesehen, wenn er sich recht erinnerte.

«Und du? Du willst weiter abseits stehen?»

«Ick sitze ja . . .» Aber er begann sich schon aufzurichten.

«Gott braucht auch dich – und du brauchst Gott.»

«Det einzige, wat ick brauche, is Kohle.»

Bengler ahnte, daß das soviel wie Geld hieß. «In der Gemeinschaft der Bußfertigen hilft jeder jedem.»

«Hilf dir selbst, dann hilft dir Gott.»

«Richtig!» Bengler strahlte. «Komm zu uns – und morgen hast du 'n bißchen Arbeit, Kohle . . .» In solchen Fällen war auf Jerxheim und die anderen Geschäftsleute schon Verlaß.

«Und wat muß ick tun?» Jetzt saß er kerzengerade.

«Deine Sünden bekennen.»

Der Junge sank wieder nach hinten. «Ick spinne wohl!»

«Dann lege hier deine linke Hand auf diese Bibel . . .» Bengler fischte sich ein herumliegendes Exemplar, «. . . und versprich mir, in den nächsten sieben Tagen auf etwas zu verzichten, das dir sehr viel Vergnügen bereitet – Gott zuliebe, ihm zur Ehre.»

«Sonnabend is 'n Heimspiel hier, wa, da jeh ick ehm nich zu Hertha hin.»

«Okay, gut. Wir sprechen uns dann beim nächsten Gottesdienst. Wie war dein Name noch?»

«Kurz – Uwe Kurz.»

«Willkommen bei uns, Bruder Kurz.»

Bengler sah zu, daß sich Jerxheim um Kurz kümmerte, und wandte sich dann einer Gruppe junger Menschen zu, die unschlüssig zwischen Altar und Ausgang verharrte. Es waren diesmal viele Mädchen darunter.

«Ich sehe, ihr sucht den . . . den Notausgang», begann er. «Warum suchen so viele Menschen heute einen Notausgang?»

Bald hatte er auch den größten Teil dieser Gruppe eingefangen. (So sei es euch kundgetan, daß den Heiden gesandt ist dies Heil Gottes; und sie werden's hören.) Zufrieden mit sich und der Welt begann Bengler den zweiten Teil der Veranstaltung.

«Es ist nicht wahr, daß die Gnade Gottes schlechterdings jedem menschlichen Zugriff entzogen ist. Du und ich – wir alle! – Wir können das Heil empfangen, wenn wir etwas tun, etwas leisten, das Gott wohlgefällig ist. Fragt ihr mich: ‹Wie kriege ich einen gnädigen Gott?›, so antworte ich euch: ‹Indem ihr durch schmerzhafte Buße allen sichtbar eure Untaten ausgleicht!› Ich, den ihr zum Fährmann eures Lebensschiffes gemacht habt, ich, der ich euch sicher in den Hafen des Heils geleiten werde, ich will gleichsam wie ein Buchhalter des Herrn darüber wachen, daß ihr jede eurer Sünden ausgleicht durch die Qual des Verzichts und des Opfers. Gehet noch heute hin und sagt es allen Menschen in dieser Stadt, wie und wo sie ihrem Leben wieder einen Sinn geben können!»

Sie sangen wieder.

Komm, sag es allen weiter,
ruf es in jedes Haus hinein!
Komm, sag es allen weiter:
Gott selber lädt uns ein.

Während sie sangen, glitt Benglers rechte Hand, eher unbewußt, um einen Teil seiner inneren Spannung abzuleiten, in einen der Kartons, dessen Inhalt aus «sündhaften Dingen» bestand, Dingen, die die Gläubigen mit irgendeiner ihrer Sünden verbanden und dorthin abgeliefert hatten. Nachher sollte das Zeug verbrannt werden.

Liebesbriefe, schlüpfrige Romane, was von Beate Uhse: *Dieser Bildband zeigt Ihnen auf aufregenden Colorfotos die Stellungen, in denen die Frau beim Liebesakt aktiv ist* . . . Das kümmerte Bengler nicht weiter.

Dann fand er einen harten Porno. Ketten, Peitschen, wild verzerrte Gesichter, blutüberströmte Leiber . . . Auch das hätte er noch hingenommen. Aber auf dem Umschlag dieses Pornos stand in roten Druckbuchstaben: *Nur wer sich geißelt, der tut wirklich Buße*!

Und es folgten zwei selbstgemachte Fotos, Polaroid-Aufnahmen, auf denen sich zwei seiner Gläubigen gräßlich zugerichtet hatten.

Bengler schloß die Augen.

2

Vor ihm lag ein Tag voller Arbeit und Ärger, hinter ihm lag eine Nacht, die ihm nur wenig Schlaf gebracht hatte. Mannhardt haßte diesen kalten, verregneten Morgen. Dabei, so sagte er sich, hätte er doch dankbar sein sollen für diesen Vorfrühlingstag, den er gesund beginnen durfte, wie überhaupt für jeden Tag, der ihm noch blieb. Zwanzig Jahre noch, dann war er Pensionär. Wenn er's erlebte.

Er fror innerlich, sehnte sich irgendwie nach Fruchtwasserwärme und hatte Angst davor, unter die kalte Dusche zu gehen. So wusch er sich nur mit Lappen und Seife. Sein Körper kam ihm schlaff und welk vor, fett. Das war nicht mehr der bronzebraune Jüngling, der seinen Speer durchs halbe Stadion schleuderte, das war eher ein alternder Catcher, der sich sein Gnadenbrot verdiente, indem er sich von jedem jugendlichen Hanswurst in den Ringstaub legen ließ. Die Haare auf der Brust wucherten nicht mehr, sie wurden langsam grau und verdeckten kaum mehr Leberflecken, Hautlappen und Pickel. Widerlich. Unaufhaltsam verfiel er.

Wie würde diese Brust wohl aussehen, wenn es ihn doch mal erwischte? Eine Kugel aus drei Meter Entfernung genau ins Herz. Erstaunlich war doch, daß er während seiner gesamten Zeit bei der Kripo nie was abbekommen hatte. Keine einzige Schußverletzung.

Im Radio spielten sie *Una Paloma Blanca*, und er sah sich auf seiner Jacht vor Ibiza kreuzen. Inmitten einer Schar lachender Mädchen. Der Weltmeister erholte sich vom großen Fight mit Muhammad Ali. Der Größte war besiegt worden vom Allergrößten. Mannhardt tänzelte um einen imaginären Gegner herum und schlug ein paar Haken in die Luft.

«Du bist wohl vom wilden Affen gebissen worden?» Lilo stand in der Tür. Sie mußte mal.

«Kannst du nicht unten gehen!» muffelte Mannhardt.

«Da sitzt Michael drauf.»

Was blieb ihm weiter übrig, als sich draußen auf dem Flur zu rasieren. Es war wirklich zum Kotzen! Gerade war er soweit gewesen, sich treiben zu lassen, gleich wären die Bilder erschienen, die wärmten und nach Liebe schmeckten. Nun rauschte nur die Wasserspülung.

«Ich hab dich gar nicht mehr kommen hören», sagte Lilo.

«Wir haben noch 'n Glas Bier hinterher getrunken.»

«Und?» Lilo wusch sich die Hände.

Mannhardt zog sich Socken und Unterhosen an. «Die Rechten haben natürlich gewonnen, was sonst? 83 zu 37, großes Festival unserer Kanalarbeiter wieder, da kannste nichts gegen machen. Da ist der Herr Senatsdirektor, der die Posten zu vergeben hat – und wir dagegen mit unserm kümmerlichen FU-Assistenten.»

«Hättst du dich doch aufstellen lassen.»

«Bin ich bekloppt?»

«Bloß durch Meckern . . .»

«Hör doch auf damit!» Mannhardt reagierte sauer. Sie hatte wieder mal den Nerv getroffen. Da tönte er dauernd, man müßte endlich die Welt verändern, aber wenn es galt, beim Zusammenzimmern des neuen Gebäudes den kleinsten Nagel einzuschlagen, da drückte er sich. Er flüchtete sich in die bequemste Entschuldigung: «Du weißt doch selber, wie oft ich abends nicht zu Hause bin – ich kann doch nie zu den Versammlungen gehen.»

Lilo sah ihn an. «Ich wollt dich gestern noch sprechen, dann muß ich doch vorher eingeschlafen sein . . .»

«Was ist denn?»

«Elke sollte gestern um neun Uhr zu Hause sein – und wann war sie da: um halb elf!»

Mannhardt verstand seine Frau nicht. «Na und? Hat sie wieder bei Petra gehockt.»

«Hat sie eben nicht. Petra behauptet das auch, aber ich hab vorhin mit ihrer Mutter gesprochen: sie lügen beide. Schon das dritte Mal diesen Monat. Du – ich . . .»

Mannhardt stieß Lilo zur Seite und stürzte die Treppen hinunter, sich noch im Laufen die Hose zuknöpfend. So schnell war er noch nie im Keller gewesen.

Elke.

Er riß die Tür zum Gästezimmer auf. Sie hatte lange darum gekämpft, und zu Weihnachten hatte er sie dann nach unten ziehen lassen, hinunter in ihre eigene Welt, aus der er immer stärker hinausgedrängt wurde. Je mehr er sie, ihre Bewegungen und ihre Stimme, ihre ganze Art genießen wollte, desto auffälliger verkroch sie sich vor ihm.

Seine Tochter schlief inmitten ihrer Posterhelden tief und fest, die Decke fast über den Kopf gezogen. Vom Gang drang wenig Licht herein. Er ließ die Deckenbeleuchtung aufflammen und riß ihr dann das Bett weg. Sie lag auf dem Rücken und hatte nur ein blaues Höschen an. Ehe sie sich aufrichten konnte, hatte er ihre Arme gepackt und preßte sie auf die Liege. Während sie schrie und Lilo ihn wegreißen wollte, sah er sich Rücken, Po und Schenkel an.

«Laß mich los!» fauchte sie. «Hau doch endlich ab . . . Mammi!»

«Was ist denn los, hast du sie nicht mehr alle!?» Lilo schnürte ihm mit dem rechten Unterarm die Kehle zu, er mußte loslassen.

Elke fuhr herum, kratzte ihn.

Er konnte sich noch die Innenseite ihrer Arme ansehen, dann war sie aus dem Zimmer gelaufen und hatte sich auf der Toilette eingeschlossen. Dort schluchzte sie.

«War denn das wirklich nötig?» fragte Lilo.

«Ja, das war nötig», antwortete Mannhardt, während er mit weichen Knien nach oben ging. Am Schuhschrank blieb er stehen und öffnete seine Aktentasche. Er nahm eine Plastikhülle heraus, ging damit zum Frühstückstisch und breitete eine Reihe von Hochglanzfotos aus.

«Hier, kannst du dir ja mal ansehen.»

Lilo setzte ihre Lesebrille auf und betrachtete die Bilder. Nach dem dritten konnte sie nicht mehr. Sie war nahe daran, sich zu erbrechen.

Mannhardt goß ihr einen Cognac ein und ließ sie trinken.

Hatte er ihr zuviel zugemutet? Vielleicht. Aber schließlich war sie schon eine Ewigkeit mit einem Kriminalbeamten verheiratet. Er hätte nie geglaubt, daß diese Bilder einen solchen Schock bei ihr auslösen würden. Sicher, hart waren sie schon. Dieser über und über in Blut getauchte, von Stichen und Schlägen geradezu zerfetzte Körper des Jungen.

Er überflog noch einmal den ersten Bericht des Gerichtsmediziners. *Starke Blutstauung und Schwellung des Gehirns . . . Starke Wassersucht der rechten Lunge, akute Blähung der linken Lunge (nach Mageninhaltaspiration) mit eigentümlichen fleckenförmigen Blutungsherden in allen Lungenlappen . . . Erweiterung beider Herzkammern . . . Kleinfleckige Blutungen in der Dickdarmschleimhaut . . . Vergiftung mit einer unbekannten Substanz . . .*

Die unbekannte Substanz hatte sich als eine Mischung von Captagon, Rosimon-Neu und LSD herausgestellt. Zudem hatte sich der Siebzehnjährige kurz vor seinem Tod noch eine Kapsel Mescalin in den Mund entleert.

«Ich hab ihn erst gar nicht erkannt», sagte Lilo jetzt, «aber war das nicht der Rolli, der mal in Elkes Klasse gegangen ist?»

«Roland, ja, Roland Anterhaus.»

«Der war ein Jahr älter als sie und ist dann irgendwann mal hängengeblieben. Zur Geburtstagsparty war er auch mal hier, und die Mutter kenn ich vom Einkaufen . . .»

Mannhardt nickte. «Er war völlig high und hat sich dann in so 'ner Art religiöser Verzückung selber umgebracht. Zum Schluß wollte er sich sogar kreuzigen, im linken Arm steckt noch ein Riesennagel drin. Wahrscheinlich war er allein, aber genau wissen wir's noch nicht; die Eltern sind verreist gewesen, eine Woche Prag.»

«Also . . . Also, das ist ja . . .»

«Wir sind uns ziemlich sicher, daß es hier bei uns – in Hermsdorf oder in Frohnau drüben – eine Sekte geben muß, die . . . Ich meine: Rauschgift, Geißelung, Musik, Tänze – so 'ne Art Voodoo-Kult, ja? Der Junge da ist wohl nur das erste Opfer. Vielleicht verstehst du nun, warum ich Elke vorhin . . .»

Er stockte unwillkürlich, denn in diesem Augenblick kam Elke zur Tür herein, in einen blauen Bademantel gehüllt. Sie setzte sich, stumm und abweisend, und rührte ihren Pulverkaffee um.

«Hast du mitgekriegt, was passiert ist?» fragte Mannhardt, und er schnauzte sie, obwohl er es eher einfühlsam sagen wollte, geradezu an.

«Ja, hab ich. Soll das ein Verhör werden?»

Mannhardt war vernarrt in dieses dunkle Gesicht. Kreolisch, irgendwie . . . Wie hatte er sich in den Jahren zwischen dreizehn und dreiundzwanzig nach einer solchen Freundin gesehnt! Und da saß nun der fleischgewordene Traum seiner Jugend in Gestalt einer aufsässigen Tochter. Einer Tochter, die aufs höchste gefährdet war.

«Wir meinen's doch nur gut mit dir», sagte Lilo.

«Nu komm schon!» Mannhardt streichelte sie wie eine Katze, die jeden Augenblick kratzen kann. «Du hilfst mir, du hilfst dir, du hilfst anderen.»

«Ich hab damit nichts zu tun.»

«Dann sag bitte, wo du gewesen bist.»

«Weg.»

«Wo weg?»

«Nicht da.»

«Wo denn?»

«Woanders.»

«Mein Gott: wo denn? Ein Mann?»

«Warum denn kein Mann!?»

«Einer von denen, die hier immer rumhängen?»

«Ich laß mich nicht von dir verhören. Ich hab überhaupt nichts getan.»

Mannhardt stöhnte. «Also ein älterer Mann?»

Sie sprang auf und wollte zur Tür laufen. Mannhardt fing sie vor dem Herd wieder ein und preßte sie an sich.

«Ich hab doch bloß Angst um dich!»

Sie riß sich los. Mannhardt machte keinen zweiten Versuch, sie zurückzuhalten. Er fühlte sich hilflos und elend. Lilo weinte lautlos.

Mannhardt hatte alles bis obenhin satt: Lilo, seine Tochter, die ganze Familie. Er sehnte sich nach dem Leben eines kleinen Vertreters, der sein eigenes Leben leben kann. Lieber frei und verloren im schäbigen Hotelzimmer als bürgerlich-gefangen im teuren Eigenheim. Nur von allem träumen, das war lustvoll, es selber leben war lästig. Wenn er doch nur den Mut gehabt hätte, den Käfig zu öffnen und auszubrechen. Was anderes anfangen. Den ganzen Scheiß hier vergessen. Das hielt doch kein Schauspieler aus, sein ganzes Leben lang, Tag für Tag, immer ein und dieselben Rollen zu spielen: Kriminaloberkommissar und Familienvater. Wobei der Stückeschreiber noch dafür gesorgt hatte, daß das nicht etwa Hauptrollen waren . . . Er stopfte sich ein Brötchen und zwei Apfelsinen in seine Aktentasche.

«Du mußt doch frühstücken», sagte Lilo.

«Sieh du doch zu, wie du mit deiner Tochter fertig wirst!» sagte er und warf die Tür hinter sich zu.

Irgendwie bekam er den Wagen aus der Garage und fuhr los. Mit diesem Auto konnte er nach Rom fahren, nach Paris und Athen, nach

Teheran und Bombay, wo immer er hinwollte. Dieser Kadett war das immerwährende Versprechen einer geglückten Flucht. Die Verheißung eines Aufbruchs zum Besseren. Es gab so viele Straßen, auf denen er noch nie gefahren war, so viele Orte, die noch auf ihn warteten . . . Er fuhr nur bis zur nächsten Telefonzelle und rief Lilo an.

«Tut mir leid», sagte er, «aber . . .»

«Laß man.»

«Hol sie mal heute von der Schule ab und unternimm was mit ihr, damit sie . . .»

«Ja, mach ich.»

«Schön. Bis dann.»

«Bis dann. Und laß es nicht wieder so spät werden.»

«Nein. Nein. Und Küßchen.»

«Küßchen, ja. – Michael, Elke – ihr sollt jetzt endlich . . .»

Er legte auf.

Wenn *er* schon fliehen wollte, er, der vergleichsweise Arrivierte, der einiges erreicht hatte, Haus und Beruf – was sollten denn erst die tun, die daran zweifeln mußten, jemals etwas erreichen zu können? Numerus clausus, Jugendarbeitslosigkeit, keine Lehrstellen – Angst. Was wunder, daß die dann viel eher zu fliehen versuchten. Seine Tochter beispielsweise. Oder dieser Roland Anterhaus, zu dessen Eltern er jetzt unterwegs war. Die Sekte, die diesen jungen Menschen auf dem Gewissen hatte, war doch nur die Krankheit, die einen durch ganz andere Ursachen geschwächten Körper besiegt hatte. Wo kam denn der Nährboden her, auf dem sie gedeihen konnte? Und wenn sie die mysteriösen Führer dieser Sekte wirklich hinter Schloß und Riegel gebracht hatten – was nützte es denn, wenn man das Unkraut zwar abschnitt, die Wurzeln aber in der Erde ließ?

Als er dann Anterhaus sah, vergaß er sein eigenes Elend. Den Mann hatte es wirklich erwischt. Mochte er gestern noch der glatte, volltönende Generalvertretertyp gewesen sein – heute war er ein müder, verzweifelter Mann. Der hat jetzt auch keinen Spaß mehr an seinem 400 000-Mark-Anwesen, dachte Mannhardt. Eben noch hatte er ihn darum beneidet und sich gefragt, wie man eigentlich durch ehrliche Arbeit zu so was kommt, und jetzt hatte er einen Kloß im Hals . . . Der eine Mannhardt litt wieder einmal unter dem anderen Mannhardt.

«Kommen Sie rein», sagte Anterhaus.

Mannhardt drückte ihm stumm die Hand.

«Wir sind erst in der Nacht aus Prag zurückgekommen», sagte Anterhaus. «Meine Frau hat sehr viel Valium bekommen, sie schläft noch.»

Er hatte dann nicht die Kraft, mit in den Keller hinunterzukommen, in dem es passiert war; Mannhardt mußte allein gehen.

Der Raum maß vielleicht 4 × 4 Meter, war weiß gekalkt und verfügte über ein schmales, vergittertes Fenster. Auf den ersten Blick unterschied ihn nichts von den Zimmern anderer Sechzehn- oder Siebzehnjähriger: an den Wänden Poster und Plakate, Mick Jagger und die neueste Werbung der Bundesbahn; auf den Regalen ein paar Taschenbücher, meist Science-Fiction, eine Gesteinssammlung, ein Totenschädel aus Plastik, Schulkram wie Rechenschieber und Zirkelkasten, ein Plattenspieler. Dem Fenster gegenüber, längs zur Wand, stand Rolands Liege, und über dem Kopfende hing, nahezu einen halben Meter hoch, Jesus am Kreuz. Daneben war ein Druck an die Wand gepinnt: Antonello da Messina, las Mannhardt, Der heilige Sebastian. Vor einer Art Palast lehnte ein verträumt blickender Jüngling an einem Baum, dabei an Brust, Bauch und rechtem Oberschenkel von drei kräftigen Pfeilen beziehungsweise den Enden dreier abgebrochener Lanzen durchbohrt.

Auf dem Boden lagen noch einige der Gegenstände und Instrumente, mit denen der Junge sich vorgestern nacht im Drogenrausch gegeißelt und gefoltert hatte; andere hatten die Kriminaltechniker mitgenommen, um nach fremden Fingerabdrücken zu forschen. Am Fuß der Liege eine Pappkiste mit handgeschmiedeten Schiffsnägeln, von denen sich Roland einen durch den Arm getrieben hatte. Eine abgeknickte Autoantenne lag herum, eine Fahrradkette, ein Haufen buntköpfiger Stecknadeln. Der helle Teppich war blutgetränkt.

Mannhardt suchte und suchte, aber außer einer ganz normalen Bibel der Württembergischen Bibelanstalt Stuttgart fand er kein religiöses Schrifttum; nichts, was irgendwie auf eine Sekte und ihren mörderischen Kult hingewiesen hätte. Angestrichen war lediglich 1. Korinther 9, 27: *... sondern ich züchtige meinen Leib und zähme ihn ...*

Mannhardt ging nach oben und fragte Anterhaus, ob er sich wohl denken könne, warum Roland gerade diese Stelle hervorgehoben habe.

«Sie wissen ja, was eine Apotheke heute einbringt», sagte Anterhaus. «Und er hätte sie mal geerbt ... Aber ein bißchen hätte er auch schon selber tun müssen – ohne einen Notenschnitt um zweinull kein Pharmaziestudium. Wir haben uns den Mund fusselig geredet – umsonst! Nur Mädchen und Musik – was anderes hatte er nicht mehr im Kopf. Da gab's natürlich dauernd Krach. Erst neulich haben wir ihn mit einer Sechzehnjährigen im Bett erwischt – in unserem Ehebett dazu.»

«Mit der Elke?» entfuhr es Mannhardt.

«Nee, weiß ich nicht. Er sollte ja seinen Spaß haben, aber nicht auf Kosten der Schule. Wenn er überall Einsen gehabt hätte, dann ja, aber so ... Man kann doch seine Existenz nicht so einfach verspielen – oder!?»

«Hat er sonst noch was ... angestellt?» fragte Mannhardt heiser.

«Man kann doch nicht alles durchgehen lassen!» Anterhaus war nicht mehr in der Lage, Fragen aufzunehmen.

Mannhardt brauchte aber noch eine Bestätigung. «Die Nachbarn sagen, er hätte im letzten November eine alte Dame angefahren mit seinem

Moped, und die liegt noch immer mit einem Oberschenkelhalsbruch im Hospital?»

«Ja, ja. Wie oft hab ich ihm die Raserei verboten!»

«Und da ist er schwer drüber weggekommen?»

«Weiß ich nicht. Er hat nie was gesagt ... Wollen Sie einen Cognac? Setzen Sie sich doch.»

«Wer hat denn an dem Abend auf ihn aufgepaßt, als es passiert ist?»

«Meine Mutter war den Tag über da, aber abends hatte sie ihre Volksbühne, Schiller-Theater.»

«Und als sie zurückgekommen ist, war alles schon vorbei – ich weiß.» Mannhardt sah aus dem Fenster. Schneeflocken sanken auf den kahlen Boden. «Es scheint so, als wäre er allein im Keller gewesen; seine Freunde haben alle ein Alibi. Haben Sie irgendeinen Anhaltspunkt, wer vielleicht noch ...?»

«Nein, keinen.»

«Und Sie haben auch nicht gemerkt, daß er mit Rauschgift zu tun hatte?»

«Nein, wir haben ihm da volles Vertrauen geschenkt.»

Und dann ist er doch geflüchtet, dachte Mannhardt, geflüchtet auf eine Art und Weise, die so typisch ist für die Generation, die wir da herangezogen haben: egoistisch, ohne Gefühle dafür, daß das eigene Leben auch für andere wertvoll ist, ohne die Fähigkeit, auch mal über einen bestimmten Zeitraum hinweg leiden und verzichten zu können. Die große Verweigerung ... Na und? Sollen sie vielleicht wieder mal hart sein wie Kruppstahl und zäh wir Leder? Oder sollen sie sich still und demütig einpassen in die Welt ihrer Väter – in eine Welt, die den Vätern selber fremd geworden ist und der sie auch heimlich zu entfliehen suchen, bloß auf andere Weise?

Mannhardt kannte die Antwort, kannte den Ausweg. In der Theorie, ja. Aber wenn er an die Versammlung gestern abend dachte und die spinnerten bis verdeckt machthungrigen Typen, die seinen Traum vom demokratisch-humanistischen Sozialismus ins Werk setzen wollten, dann wuchs seine Verzweiflung noch ... Die Idee war gut; das Dilemma schien nur zu sein, daß die Menschen, die sie in die Tat umsetzen konnten, erst als Produkt dieser Tat denkbar waren.

«Ist noch was?» fragte Anterhaus.

Mannhardt hatte Mühe, sich wieder in der Realität zurechtzufinden. «Ob er die Drogen wohl aus Ihrer Apotheke gehabt haben könnte?» Die Frage war wichtig, denn vieles hing davon ab, ob der Sektenführer – sofern es überhaupt eine Sekte gab – mit dem Dealer identisch war.

«Ich kann mir nicht vorstellen, daß er ... daß überhaupt jemand ... Nein, ausgeschlossen!»

Mannhardt nahm sich vor, ihm einen Kollegen in die Apotheke zu schicken, der mehr davon verstand als er selber. Zumindest die Medikamente, die der Junge geschluckt hatte, Captagon und Rosimon-Neu, schienen ja aus den Schränken seines Vaters zu stammen.

«Und ist Ihnen denn niemals aufgefallen, daß Roland plötzlich einen Hang zum Religiösen entwickelt hat?»

«Doch, schon, ja. Aber meine Frau war eigentlich recht froh darüber. Da hatte er doch endlich einen Halt. Wir konnten doch nicht ahnen, daß das mal so ausarten würde, so enden würde.»

«Sicher nicht, nein. Sie haben aber nicht gemerkt, daß er sich irgendeiner Sekte angeschlossen hat?»

«Nein, bestimmt nicht! Wie denn auch?»

«Er hat nie eine dahingehende Bemerkung fallenlassen?»

«Nein, hat er nicht. Nicht daß ich wüßte.»

«Sie meinen also, daß er von sich aus drauf gekommen ist, aus sich selbst heraus?»

«Ja . . .»

«Aber Sie wissen nicht genau, mit wem er alles Kontakt hatte, wo er abends war und so?»

«Nein . . . Hätt ich ihm vielleicht 'n kleinen Sender umhängen sollen?»

Sie wußten eigentlich nur, daß der Junge tot war, mehr wußten sie nicht. Vielleicht noch, wie sich sein Tod mit den Worten der Gerichtsmedizin beschreiben ließ.

Mannhardt trank nun doch einen Cognac, einen doppelten.

Danach II

Der Ober bringt uns den Kaffee. Ich schütte Sahne in die Tasse und lasse meinen Löffel kreisen, bis ein verirrter Kuchenkrümel vom Mahlstrom verschluckt worden ist.

«So richtig komme ich mit diesem Bengler noch immer nicht klar . . .»

Mannhardt blättert in einem Stoß matt-fettiger Fotokopien herum. «Das hier sind Teile des psychiatrischen Gutachtens . . . Professor Peterberg. Der stellt bei Bengler eine Art Dissoziation fest . . .»

«Was für 'n Ding?»

«Soweit ich's verstanden habe, werden da Wahrnehmungen, Gedanken und Vorstellungen nicht mehr logisch miteinander verknüpft, sondern fallen irgendwie auseinander. Einmal Bengler als Sektenführer, einmal Bengler als Buchhalter. Tritt er als Sektenführer auf, erfolgt eine sogenannte Depersonalisation; das heißt wohl, daß er sich irgendwie von sich selber abspaltet . . . Erlebniszustand der Selbstentfremdung, steht hier, Losgelöstsein vom eigenen Körper.»

«Der eine Bengler, der besteht also quasi aus zwei verschiedenen Personen – mal hat die eine das Übergewicht, mal die andere?»

Mannhardt nickt. «So was schreibt der Seelenmensch hier auch, der Gutachter . . . ‹Offensichtlich hat sich bei Bengler eine Form der Doppelpersönlichkeit herausgebildet, wie sie von JANET beschrieben worden ist. Ursache dafür dürfte der durch sein Scheitern in der Diplomprüfung ausgelöste Schock gewesen sein, als er hatte erkennen müssen, daß die erträumte berufliche Karriere unmöglich geworden war . . .›»

«Ah, zeig mal her!»

Ich nehme Mannhardt das Gutachten aus der Hand und lese weiter.

. . . Wir können also von einer neurotischen Depersonalisation ausgehen; jede der beiden Persönlichkeiten zeichnet sich durch eine bestimmte neurotische Fixierung aus. Auf der Seite des Buchhalters ist eine zwanghafte Neurosenstruktur zu erkennen, das heißt vor allem ein Hang zu formalistisch starren Prinzipien und zur Ordnungsliebe. Auf der Seite des Sektenführers dagegen ist eine hysterische Neurosenstruktur festzustellen, vor allem ein gesteigertes Geltungsbedürfnis und der Hang, alles zu dramatisieren. Dazu kommen hier Sprunghaftigkeit und das Vorherrschen wunschhaften Denkens . . .

Mannhardt stopft das Gutachten in die Aktentasche zurück. «Der zweite Gutachter hat bei Bengler auch noch einen ausgeprägten Machttrieb entdeckt . . .»

«Sicherlich als Kompensation des Minderwertigkeitsgefühls, das ihm seine spießbürgerlich-geduckte Mutter eingepflanzt hat.» Ich hatte im Flugzeug von Bremen nach Berlin im *Abriß der Psychoanalyse* nachgeschlagen und finde die entsprechende Stelle nach kurzer Suche wieder. «Hier – Freud, Ich-Spaltung. Es bilden sich ‹. . . zwei psychische Einstellungen anstatt einer einzigen, die eine, die der Realität Rechnung trägt, die normale, und eine andere, die unter Triebeinfluß das Ich von der Realität ablöst› – na bitte . . . ‹Die Tatsachen der Ich-Spaltung, die wir hier beschrieben haben, sind nicht so neu und fremdartig, wie sie zumeist erscheinen mögen. Daß in bezug auf ein bestimmtes Verhalten zwei verschiedene Einstellungen im Seelenleben der Person bestehen, einander entgegengesetzt und unabhängig voneinander, ist ja ein allgemeiner Charakter der Neurosen . . .› Und so weiter, und so weiter. Da hätten wir's wohl.»

Mannhardt nickt. «Die Realität: der gescheiterte Student und der kleine, pingelige Buchhalter. Das Triebhafte, das, wonach er süchtig geworden ist: der glänzende Prophet und Sektenführer mit einer unheimlichen Macht über Menschen.»

«'ne recht brisante Mischung!»

«Kann man wohl sagen.»

«Ich-Spaltung, Doppelpersönlichkeit . . .» Ich lege meinen Löffel auf den Tassenrand. «Und irgendwie, hab ich das Gefühl, schlägt das bei Bengler dauernd um. Wenn ich's bildlich darstellen sollte, würd ich 'ne Wippe malen: auf dem einen Ende sitzt der Buchhalter, auf dem anderen der Sektenführer.»

«Da kannst du schon recht haben . . .»

3

Der Wetterbericht war unerfreulich. *Im weiteren Verlauf weitet sich aber wieder das nordeuropäische Hoch Xanthos südwärts aus, so daß weiterhin kaltes Ostwindwetter für Berlin in Aussicht steht* . . . Mitte März schon, und noch immer Winter.

Bengler suchte weiter.

Kartoffeln bleiben weiterhin teuer. Überfall auf Modegeschäft an der Tauentzienstraße. Axt-Käufer gefunden, aber Polizei war auf einer falschen Spur. Bagger beschädigte Gashauptleitung. Ofen war vermutlich überhitzt. Selbstmord eines Jugendlichen in Hermsdorf.

Bengler zerknüllte die Zeitung und warf sie in den Papierkorb.

Über jeden Scheiß berichteten sie im Berliner Teil, nur nicht über das Wesentliche: die gestrige Einweihung des neuen Betsaales seiner Gemeinschaft der Bußfertigen in der Schlüterstraße. Die wohl beste Predigt seines Lebens.

Das Telefon schrillte. Er riß den Hörer hoch.

«Jerxheim KG, Buchhaltung, Bengler!»

Nichts Besonderes; Edith war dran. «Du, Vater hat heute wieder Durchfall, 38 Fieber, ich kann dich nachher nicht abholen.»

«Das ist ja weniger schön», sagte Bengler ohne große Gemütsbewegung. Zwar hätte er gern mal wieder mit Edith geschlafen, andererseits konnte er den so gewonnenen Abend ganz gut für das erste Kapitel seines Grossen Buches der Busse *(Unser Schlüssel zum Heil)* verwenden.

«Ich komme aber Sonntag zum Gottesdienst», versprach Edith.

«Das ist lieb von dir.»

«Wie geht's sonst?»

«In keiner Zeitung ist was über gestern drin», sagte Bengler; «kein Sterbenswörtchen.»

«Ist denn wenigstens der nächste Gottesdienst angekündigt?»

«Nicht mal das!» Bengler fischte die Zeitung aus dem Papierkorb und strich sie, indem er sie zwischen Bauch und Schreibtischkante klemmte, wieder glatt. «Hier – Freikirchen und Religionsgemeinschaften; alles schön alphabetisch: Apostelamt Jesu Christi, Christliche Wissenschaft – und so weiter. Bloß nichts von uns . . . Diese hochnäsigen Ignoranten – aber in ein paar Jahren werden sie nicht mehr genug Druckerschwärze haben, um über alles zu berichten, was wir bewirkt haben!»

«Laß man gut sein», sagte Edith; «es hat doch alles so großartig angefangen.»

Sie verabschiedeten sich, und Bengler trat auf den winzigen Balkon hinaus, um ein wenig frische Luft zu schnappen. Doch er beließ es bei einem kurzen Blick die Bismarckstraße hinunter, nahm nur flüchtig wahr, wie sich im Dunst Siegessäule, Brandenburger Tor und Ostberliner Fernsehturm ineinanderschoben. Sechs Stockwerke unter ihm spien Tausende von Autos ihre Abgase aus, ärgerten ihn. Der abendliche Berufsverkehr schon; er war erstaunt, wie schnell der Tag vergangen war. Er wandte sich wieder der Arbeit zu, die so lange liegengeblieben war.

Die Jerxheim KG betrieb einen höchst einträglichen Schmuckwaren-Großhandel, dem für die exklusiveren Kunden eine kleine Werkstatt angeschlossen war. Im Briefkopf war rechts neben der farbgetreuen Wiedergabe des Kohinoor folgendes vermerkt: *Großhandel, Import, Uhren, Schmuck, Gold, Brillanten, Zuchtperlen, Fabrikation von Modeschmuck, Schmuck für Bühne und Film* – BERLIN 12, BISMARCKSTRASSE 105 A *(Nähe Oper)*, HAUS KOHINOOR. Typisch für die Firma war, daß sie große Warenmengen von hohem Wert umsetzte, auf der anderen Seite aber wenig Personal benötigte. So kam man mit den beiden obersten Etagen des leicht veralteten Geschäftshauses in der Bismarckstraße gut aus.

Frau Hirsekorn war nur mit den Kontokorrentkonten zu Rande gekommen; alles andere hatte sie Bengler in den Eingangskorb gelegt. Wertpapierzinsen, Darlehenszinsen mit Verrechnungsscheck, die Stromrechnung, die Feuerversicherungsprämie, die Miete, Vertreterprovisionen, Reisespesenvorschüsse für die Herren Schwarz und Dr. Hülfenhaus . . . In der Schloßstraße hatte ein Uhrengeschäft Pleite gemacht, Konkurs mangels Masse, und er hatte noch 2.483,42 DM offen, uneinbringliche Forderungen also. Er belastete das Konto 235 (bilanzmäßige Abschreibungen auf Forderungen) und erkannte das Konto 140 (Forderungen). Auch das war abzuhaken. Weiter im Text: Sozialversicherung/Firmenanteil, Bankabhebung des Inhabers (Hallo, wofür brauchte denn Jerxheim plötzlich 18000 Mark?), Diskontierung des Wechsels der Firma Simon Treu (Bank-Gutschrift, Diskont, Provision und Spesen), Reparaturrechnung für Schreibmaschinen . . .

So ging es gute anderthalb Stunden lang, ohne daß er seine Arbeit auch nur über zehn Sekunden hinweg als monoton und geisttötend empfunden hätte. Ganz im Gegenteil, es bereitete ihm in hohem Maße Vergnügen, auf diese Art und Weise Ordnung in die Dinge zu bringen. Schon von Kind an hatten ihn Zahlen fasziniert, und er war tief beeindruckt, wie elegant sich ein Mikrokosmos wie die Jerxheim KG mit dem System der doppelten Buchführung erfassen und steuern ließ.

Den Leckerbissen aber hatte er sich bis zum Schluß aufgehoben. Seit Jerxheims Sohn an der FU Betriebswirtschaftslehre studierte, durfte Bengler hin und wieder dessen einfachere propädeutische Arbeiten durchsehen, insbesondere in Buchführung. Vor allen anderen Aufgaben liebte er es, Abschlußtabellen nach dem Umsatzkostenverfahren zu erstellen. Da waren in der Summen- und Saldenbilanz I eine Reihe von Zahlen vorgegeben, und man war aufgefordert, an Hand einer Reihe von Geschäftsvorfällen über die Berichtigungsbilanz, die Saldenbilanz II und die Inventurbilanz zur Erfolgsbilanz zu gelangen. Wenn dort in den Spalten Aufwand und Ertrag dieselben Zahlen erschienen, war das Problem gelöst.

Bengler begann mit einem Eifer, der keinen anderen Gedanken mehr zuließ. Die Lösung von Jerxheim junior hatte er in den Schreibtisch eingeschlossen – er wollte unbeeinflußt an die Sache herangehen. Vergleichen konnte man dann immer noch. Er versank in seine Welt der Konten und Zahlen. Sein Kugelschreiber flog nur so über das karierte Papier. Für vermietete Räume haben wir 1000,– DM Miete im voraus erhalten . . . Das war: Haus- und Grundstückserträge an PdR (passiv) 1. An Versicherungsprämie haben wir 400,– DM im voraus bezahlt . . . Das war: PdR (aktiv) an . . .

«Darf ich mal stören . . .?»

Bengler fuhr zusammen. Wie ein Schüler, den der Lehrer beim Lesen von Pornoheften ertappt, wischte er beim Umdrehen zwei, drei Kontokorrentkarten und Geschäftsbriefe über die Hausaufgaben von Jerxheim junior. Von unten herauf, leicht geduckt, sah er zu dem Mann hinauf, der jetzt schräg hinter ihm stand.

«Was kann ich für Sie tun, Herr Doktor?»

Dr. Hans Hülfenhaus war Prokurist der Jerxheim KG, seit drei Jahren schon. Bis auf den Vertrieb war er für die gesamte kaufmännische Verwaltung zuständig, auch für den Einkauf und die Lagerhaltung. Ein nordischer Typ, groß, blond, schlank und schlaksig; er war Mitte der Dreißig und immer ausgesucht elegant gekleidet, zumeist in den Blautönen, wie sie die Fernsehansager bevorzugten. Eine modische Brille verlieh ihm einen intellektuellen *touch*. Er war Rallye-Fahrer und Sportflieger, besaß sogar selbst eine zweisitzige CAP-10.

«Warum hab ich denn den Vorschuß für Amsterdam und London noch nicht auf dem Konto?» fragte Hülfenhaus, offenbar bemüht, seine Stimme auch nicht im allergeringsten persönlich und kollegial klingen zu lassen.

«Frau Hirsekorn hat es leider vergessen, aber ich habe heute früh sofort . . .»

«Okay, okay. Und nichts gegen die Dame Hirsekorn, eine ausgezeichnete Kraft; sollten wir unbedingt halten, zumal ja ihre hervorstechendste Qualität darin besteht, daß ihr Mann der beste Prediger in der Dings – na . . . der Gemeinschaft der Bußfertigen ist – nach Ihnen natürlich, Herr Bengler . . . Also: behalten!»

«Ja, selbstverständlich.» Bengler wußte, daß Hülfenhaus ihn als miesen kleinen Spießer verachtete, als Rechenknecht, den man schon mal spüren läßt, daß er kein ebenbürtiger Gesprächspartner ist, sondern nur ein tüchtiger Fachidiot.

«Liegt sonst noch was an?»

«Nein, Herr Doktor.»

«Dann rechnen Sie man schön.» Hülfenhaus verschwand auf den Gang.

Bengler nahm diese unaufhörlichen Demütigungen fast genußvoll hin. Wer sich selbst erniedrigt, der wird erhöht werden. Wenn Ende dieses Jahrzehnts die Mächtigen dieses Landes vor seiner Gemeinschaft der Bußfertigen zitterten, war es noch immer Zeit, mit diesem Hülfenhaus abzurechnen ...

Kaum hatte er sich wieder an die Arbeit gemacht, kam die nächste Störung. Draußen auf dem Flur schrien sich mehrere Leute an. Er lief zur Tür und sah hinaus.

Bruder Kurz war mit ihrem überaus sensiblen Uhrmachermeister zusammengeprallt (eine hochbeladene Stechkarre hatte ihm offensichtlich die Sicht versperrt), so daß der sich seinen frisch gebrühten Kaffee über den Ariel-weißen Kittel gegossen hatte.

Bengler freute sich, daß Jerxheim seinem neugewonnenen Gläubigen so schnell einen Job verschafft hatte. So was sprach sich bei den arbeitslosen Jungen rasch herum.

«So 'ne Unverschämtheit!» schrie der Uhrmachermeister. «Das hat der doch mit Absicht gemacht, weil ich ihn vorhin beim Klauen erwischt habe!»

«Nimm det zurück!» brüllte Uwe Kurz. «So wat laß ick mir nich ... Ick hab den Siejelring bloß vom Boden uffjehob'n!»

«Is 'n ersten Tag hier und klaut schon!»

«Sach det noch mal, und du kriegst voll 'n paar rin!»

So ging es eine Weile hin und her, bis sie von einer Gruppe neugieriger Kollegen umringt waren. Marietta, Jerxheims Vorzimmerdame, ließ schon nach dem Chef telefonieren.

«Für Herrn Kurz lege ich meine Hand ins Feuer», sagte Bengler. «Wer ihn verdächtigt, der verdächtigt mich – und der verdächtigt den Chef. Und das will wohl keiner, oder?»

Ihr Uhrmachermeister trollte sich, und auch die anderen kehrten, mehr oder minder für Bruder Kurz Partei ergreifend, an ihre Schreibtische zurück.

Bengler wandte sich wieder seinen Buchungen zu. Das Konto Rückstellungen war aufzulösen ... Der Endbestand an Halberzeugnissen 17000 ... Der Endbestand an Fertigerzeugnissen 45000 ... Bald sammelten sich immer mehr Zahlen in den beiden letzten Spalten an. Schon addierte er die einzelnen Posten auf der linken Seite. 665,5 kam heraus, 665500 Mark. Eine gleichsam sexuelle Erregung erfaßte ihn, als er jetzt die einzelnen Erträge addierte. Im Kopf natürlich. Würde es aufgehen, würde es stimmen?

665,5. Geschafft! Wie eine Erlösung. Innerer Jubel, der noch verstärkt wurde, als er feststellte, daß auch Jerxheim junior zu diesen Zahlen gekommen war.

Es erfüllte ihn mit tiefer Befriedigung, daß wieder etwas aufgegangen war. Das Leben war schön. Und dies war genau das, wozu er berufen war: allen Menschen dieses Glücksgefühl zu schenken, alle Menschen dazu zu bringen, daß die Gleichung ihres Lebens aufging. Dieses höchste aller Ziele ließ sich nur auf dem Wege erreichen, den seine Gemeinschaft der Bußfertigen vorgezeichnet hatte: Ausgleich aller Sünden durch schmerzvolle Buße und zugleich Überwindung der kalten Rationalität unserer Welt durch eine Wiedererweckung der Sinne – der apollinische Mensch, der immer Maß hielt und auf dem goldenen Mittelweg blieb, durfte nicht länger den dionysischen Menschen erdrücken; gerade der Mensch dieser Tage mußte die herkömmlichen Schranken und Begrenzungen seines Seins sprengen, um wieder zu sich selbst zurückzufinden. Und wie könnte das besser gelingen, so hatte er es gestern in seinem Großen Buch der Buße formuliert, als durch *rituelle Erkenntnis*, als durch das *Delirium des Gottesdienstes mit leidenschaftlicher Geißelung.*

Er drehte das mit Zahlen bedeckte Konzeptpapier durch seinen großen, schon vorsintflutlichen Zerreißwolf, fast so, als wären es geheime Aufzeichnungen, dann nahm er die fertige Abschlußtabelle, um sie in die fünfte Etage hinabzutragen und dem Chef wieder mitzugeben. Sein Sohn freute sich ganz sicher, wenn er erfuhr, daß alles richtig gelöst war. Wenn das erledigt war, konnte er beruhigt nach Hause gehen, sich ein paar Würstchen warm machen und dann bis Mitternacht am Großen Buch der Buße weiterarbeiten.

Doch es sollte alles ganz anders kommen.

Erst einmal traf er vorn am Fahrstuhl mit ihrem Vertriebsleiter zusammen, dem Diplom-Kaufmann Wolfgang Schwarz, 38, neben Dr. Hülfenhaus der zweite Akademiker im Management der Firma, aber im Gegensatz zu diesem nicht arrogant, sondern ausgesprochen verbindlich, ja, richtig nett.

«Sie machen ja schon wieder Überstunden», sagte Herr Schwarz. «Na, so sehen wir uns wenigstens noch mal.» Er lächelte, sein breites Gesicht glänzte fettig; im Kampf gegen seine ewige Akne war er ständig dabei, sich irgendwelche neuen Salben auf die Haut zu streichen. Vielleicht strahlte er dadurch ein Wohlwollen aus, das alle in diesem Hause für ihn einnahm. Und wiederum im Gegensatz zu Hülfenhaus, der gerade eine recht bekannte Boulevard-Schauspielerin, die D., als Ehefrau Nummer zwei zum heimischen Bett geführt hatte, hatte Schwarz offensichtlich kein Glück bei Frauen: Im letzten Augenblick sprangen sie alle wieder ab.

«Simon Treu ist nun endgültig pleite», sagte Bengler; «ein Kunde weniger.»

Herr Schwarz schmunzelte. «Lieber zehn Kunden, die wir nicht haben, als einen so faulen wie diesen ...»

Der Fahrstuhl kam, und Herr Schwarz stieg ein, gemessenen Schrittes und distinguiert wie ein englischer Banker. Dem Mann nahm man ab, daß seine Waren gut und seine Preise ehrlich waren; das war keiner der windigen Vertretertypen, die einem nur ihren Trödel zu überhöhten Preisen aufschwatzen wollten. Jerxheim – der wachsende Kundenstamm bewies es – hatte da einen außerordentlich guten Griff getan.

Als Bengler Jerxheims Büro erreichte, stand die Tür zum Vorzimmer offen, aber Marietta war nirgends zu sehen. Er klopfte mehrmals gegen den Türrahmen. Nichts. Komisch, ihr Kaffee dampfte in der Tasse. Bengler rief, erhielt aber keine Antwort. Was war denn nun kaputt?! Wenn sie hinten bei Jerxheim war, mußte sie doch merken, daß hier einer reingekommen war, die gepolsterte Tür stand schließlich sperrangelweit offen.

«Herr Jerxheim ...?»

Keine Antwort, weder von Marietta noch vom Chef. Sie konnten doch unmöglich nach Hause gegangen sein, ohne hier abgeschlossen zu haben.

Was sollte er tun? Hilfe herbeiholen? Hilfe ...? Wenn nichts weiter war, lachten ihn alle aus. Immerhin, sie hatten da einiges an Werten in den Tresoren und Regalen ... Wenn wirklich was war – das gab Publicity.

Schon stand er im dunkel getäfelten Zimmer des Chefs. Nirgendwo Spuren eines Kampfes, nirgendwo ein Toter oder ein Gefesselter. Ein ordentlich aufgeräumter Schreibtisch, aber ein Haufen Unerledigtes, Unterschriftsmappen und so.

Bengler atmete tief durch. Noch immer keine Spur von Marietta. War das die Chance, auf die er schon seit Wochen wartete? In einem seiner Schränke, das wußte er von Jerxheim junior, hatte der Chef eine kleine Pappschachtel mit seinen Zweitschlüsseln stehen. Haus, Auto, Motorboot. Wenn er die ...

Er zögerte nicht länger. Die Buchführungsaufgabe, die er hier abzuliefern hatte, war schließlich ein Alibi. Fieberhaft begann er zu suchen. Einen Nachschlüssel für Jerxheims Schreibtisch hatte er schon lange in der Tasche ... Es war ganz einfach gewesen. Ein Blick auf den Lieferschein, da waren Typ und Nummer des Schlüssels fein säuberlich verzeichnet. Der Büromöbelhändler hatte sich gefreut, ihm so schnell aushelfen zu können.

Jerxheims Schreibtisch war zwar ein Ungetüm, aber die Schachtel mit den Schlüsseln fand er gleich oben im ersten Schubfach rechts, dicht neben den Zigarren ... Endlich konnte er prüfen, ob sein Verdacht berechtigt war oder nicht! Er ließ Jerxheims Hausschlüssel in der Brusttasche seines Sakkos verschwinden. Heute abend würde er endlich Klarheit haben.

Da kam Marietta zurück.

Schnell schloß er den Schreibtisch und rief nach draußen: «Ich hab die Aufgaben von seinem Sohn hier – kommt er heute noch mal rein?»

«Er ist 16 Uhr 40 nach Hamburg geflogen und kommt erst morgen früh mit der ersten Maschine zurück ... Mensch, is mir schlecht; ich muß dauernd reihern!»

Bengler warf die Aufgaben auf den Tisch und lief nach draußen. Wahrscheinlich war sie wieder schwanger. Fragte sich bloß, wer's diesmal gewesen war. Er leider nicht. Jerxheim vielleicht. Sie war so 'n Stewardessen-Typ, wie er ihn aus amerikanischen Lustspielfilmen kannte, immer zu zweit mit einer Freundin im Apartment, immer mit irgendwelchen Kerlen liiert, immer lustig und zu allen möglichen Streichen aufgelegt, aber dabei fortwährend unglücklich und trotz aller ihrer Liebschaften mit reiner Seele nach dem Mann fürs Leben suchend. Wenn sie dann mit dreißig zur Ruhe kam, war sie die ideale Ehefrau fürs baugesparte Reihenhaus.

«Hast du schon 'ne Tablette genommen?» Seit der letzten Weihnachtsfeier, Küsse und Petting im Fahrstuhl, duzte er sie, aber im Grunde fand sie ihn wohl herzlich unsympathisch.

«Ich hab mir 'ne Taxe bestellt», sagte sie.

«Dann gute Besserung! Ich muß schnell noch ...» Er ließ offen, was er noch mußte, und verschwand mit einem kollegialen Grinsen in Richtung Fahrstuhl.

Oben in seinem Büro räumte er nur schnell den Schreibtisch auf und schloß die Akten ein, dann machte er sich auf den Heimweg. Bei den zehn Minuten Fußweg, die er hatte, lohnte es sich nicht, jeden Morgen und jeden Abend mühsam einen Parkplatz zu suchen. Bei schönem Wetter lief er. Jetzt schneite es zwar, aber das störte ihn nicht; er mochte die nassen Flocken auf der erhitzten Haut.

Mit hochgeschlossenem Mantelkragen ging er die paradebreite Bismarckstraße hinunter, ein Teilstück der alten Berliner Ost-West-Achse, und bog dann, fast in der Mitte zwischen Deutscher Oper und Schiller-Theater, rechts in die Leibnizstraße ein, die konturlos-steinern, die Kantstraße kreuzend, zum Kurfürstendamm hinunterführte. Er war oft in der Oper, noch öfter im Theater. Nicht der Stücke wegen, sondern der Schauspieler: wie sie sprachen, wie sie gingen; ihre Mimik, ihre Gestik ... Viel von dem, was er sah und hörte, konnte er für seine Predigten verwenden.

Trotz dieser Lernerfolge litt er, wenn er, allein oder mit Edith, da unten im Parkett saß. Hier war er ein Niemand, ein Nichts, ein Namenloser – die Protagonisten und die Prominenten, das waren andere. Ein Zustand, der unerträglich für ihn war. So schmerzlich-folternd zuweilen, daß er nicht mal den Kurfürstendamm hinuntergehen konnte, den Boulevard, auf dem sich kein Mensch für ihn interessierte, geschweige denn sich nach ihm umdrehte – ein Geschenk, das in Berlin jedem zweitklassigen

Schlagersänger zuteil wird, weil die Stadt in ihrer Überlebensangst in solchen Besuchen stets ein Stückchen Garantie erblickt. Starlets, von den meistgelesenen Zeitungen hochgejubelt, von den Sendern gepriesen, wurden angestarrt wie Königinnen – doch er konnte eine Ewigkeit durch die Straßen laufen, ohne daß ihm jemand auch nur die geringste Beachtung schenkte . . . Ahnte denn niemand, was in ihm schlummerte?

Vor einigen Wochen hatte er in sein Tagebuch geschrieben: *Ich muß in Kürze eine Tat vollbringen, die sich unauslöschlich ins Gedächtnis der Menschen einbrennt, etwas, das es noch nie gegeben hat. Der Name Bengler muß sich den Leuten einprägen; sie müssen in Zukunft in eine gespannte Erwartung geraten, wenn er fällt. Aber was nur, was kann ich tun?*

Dieses Motiv tauchte immer wieder bei ihm auf. Sinn und letztes Ziel des Lebens war für ihn, sich mit Person und Werk in den Köpfen und Herzen möglichst vieler Menschen festzusetzen. Wäre er, Gerhard Bengler, auf diesem Gang durch die Leibnizstraße von einem herabfallenden Ziegelstein getötet worden, so wäre alles aus gewesen – zwei Jahre später hätte man ihn vergessen. Von Caesar und Hannibal, von Jesus und Mohammed, von Friedrich dem Großen und Ludwig XIV., von Euripides und Shakespeare sprachen die Menschen noch heute – die lebten weiter, obgleich sie längst gestorben waren: Sie waren unsterblich . . . Bengler fragte sich manchmal, ob wohl eine neurotische Angst vor dem Tod seine stärkste Triebkraft war, ob er sich mit Ruhm und Größe von seiner großen Furcht befreien wollte, ob alles, was er tat, folglich Mittel zum Zweck war . . . Aber nur selten fand er die kritische Distanz, aus der allein solche Fragen kommen. Und eine Antwort fand er nie.

Als Bengler jetzt seine Altbauwohnung in der Pestalozzistraße betrat – die Wohnung, in der früher Sektengründer Hirsekorn gewohnt hatte –, war er furchtbar müde und niedergeschlagen, noch stärker als sonst. Jerxheim . . . Wenn er recht hatte mit seinem Verdacht, dann war die Gemeinschaft der Bußfertigen aufs höchste gefährdet. Seine letzte Hoffnung. Wenn sie zerstob, war alles aus.

Er warf sich aufs Bett und vergrub das Gesicht in den Kissen. Wirf doch alles hin, ist ja doch alles sinnlos! Vielleicht wäre alles anders geworden, wenn sie endlich geheiratet hätten. Aber Edith konnte nicht und wollte nicht, sie fühlte sich verpflichtet, ihren Vater zu pflegen. Ein alter Mann, sterbenskrank, nur starb er nicht. Und das Haus in Lichterfelde wollte sie auch nicht verlieren. Wenn er Kinder gehabt hätte. Hatte er aber nicht. Wozu eigentlich alles, wozu? Nichts gelang ihm, reinweg gar nichts . . . Ob der Herr ihn vielleicht deswegen strafte, weil er wußte, daß die Gemeinschaft der Bußfertigen nur dazu da sein sollte, den Namen Bengler heller erstrahlen zu lassen und unsterblich zu machen? Nein, nein – so war es doch gar nicht! Er sprang aus dem Bett, kniete nieder und betete laut: «Herr, ich bin nichts als Dein Werkzeug, ich elender Mensch!

Deshalb beuge ich meine Knie vor dem Vater, der der rechte Vater ist über alles, was da Kinder heißt im Himmel und auf Erden . . . Unser Vater in dem Himmel! Dein Name werde geheiligt. Dein Reich komme. Dein Wille geschehe, wie im Himmel, so auf Erden . . .»

Als er sich wieder erhob, fühlte er sich gestärkt, und er kam vollends ins Lot, als er zum Ausgleich seines sündhaften Zweifels und seiner gotteslästerlichen Gedanken zwiefach Buße getan hatte. Er verbrannte nicht nur den Fünfzigmarkschein, den er sich für eine Schlemmermahlzeit im ‹Maître› zurückgelegt hatte, er griff sich auch die von der Decke herabhängenden Ringe, an denen vor Jahren einmal Hirsekorn junior das Turnen erlernt hatte, und hing so lange an ihnen herab, bis der Schmerz in Händen, Armen und Schultern unerträglich geworden war und er aufstöhnend auf den Teppich knallte.

Als der Schmerz abgeklungen war, fühlte er sich wieder frei und glücklich.

Er duschte und briet sich dann zwei Spiegeleier. Zusammen mit ein paar Brocken Weißbrot und einer halben Flasche Rotwein ergaben sie eine Mahlzeit, die ihm volles Wohlbehagen bereitete. Während des Essens hatte er ständig mit Jerxheims Schlüssel gespielt. Ob er wohl fand, was er suchte? Und dann? Egal; in den nächsten vierundzwanzig Stunden mußte sich alles entscheiden.

Von der Nachbarwohnung her hörte er die Fanfare der Tagesschau. Zwanzig Uhr also. Noch viel zu früh, um loszufahren. Er ging ins Schlafzimmer, stellte den Wecker auf zehn und war gleich darauf eingeschlafen.

Bengler erwachte erst, als der Wecker loslärmte. Er war sofort voll da. Noch war Zeit genug, er konnte in Ruhe seine Vorbereitungen treffen. Auf alle Fälle sollte er Handschuhe anziehen. In dieser kalten Märznacht, 5 Grad minus waren angesagt, ohnehin eine Selbstverständlichkeit. Ob er seinen Fotoapparat mitnahm? Lieber nicht; das Blitzlicht konnte die Nachbarn alarmieren. Vielleicht die Aktentasche? Dann konnte er immer noch sagen, er hätte dem Chef wichtige Unterlagen zu bringen, wenn ihn wirklich einer der Nachbarn oder gar die Polizei vor der Gartentür ansprach . . . Ja, eine gute Idee. Seine Gaspistole? Nein – wozu? Jerxheim war in Hamburg, seine Frau zur Kur in Bad Meinberg, und der Junior wohnte höchstens mal am Wochenende zu Hause. Alles schien denkbar einfach.

Es war erst 22.40 Uhr, als er seine Wohnung verließ und die Treppen hinunterging. Sein marinogelber Passat stand noch um die Ecke in der Schlüterstraße. Diesmal war es gut, daß ihn niemand beachtete. Er fuhr los.

Als er ein wenig später auf der langgezogenen Rudolf-Wissell-Brücke über die Spreeniederung hinwegfuhr, tief unter sich die große Stadt mit ihren sternengleichen Lichtern, da erfaßte ihn wieder die Euphorie, die er so brauchte. Er war auf dem richtigen Weg – es mußte glücken! Die Zeit war reif für ihn und die Gemeinschaft der Bußfertigen. Gesät worden war lange, gedüngt worden auch, er brauchte nur die Ernte einzubringen ... Und David sammelte abermals alle junge Mannschaft in Israel, 30000, und machte sich auf und ging hin mit allem Volk, das bei ihm war ... Ja, die Zeit war reif, dachte er. Millionen Menschen fühlen sich nur noch als Rädchen im Getriebe, als bloße Bausteine eines übermächtigen gesellschaftlichen Systems, als Anhängsel an die große Maschinerie, die sie auspreßt. Sie sind isoliert, sie fühlen sich machtlos und ohnmächtig, sie verstehen die Welt nicht mehr, die viel zu kompliziert geworden ist; sie hassen ihre monotone Arbeit, sie haben in ihrem Innern den Glauben an alle die Gebote und Gesetze verloren, sie können sich nicht mehr freuen, sie können nicht mehr leiden – sie dörren dahin in dumpfer Leere.

«Und darum brauchen sie mich», sagte er mit fester Stimme. «Die Gemeinschaft der Bußfertigen gibt ihrem Leben wieder Sinn und Inhalt, Halt und Ordnung. Wir überwinden Chaos und Anarchie, die eure Seelen heute beherrscht. Die Gesunden bedürfen des Arztes nicht, sondern die Kranken. Und ich bin gekommen, euch zu heilen ...» Er merkte, daß die Sätze für seine nächste Predigt geeignet waren, und es freute ihn. Ja – Halt und Ordnung. Der Fährmann führt die Herde des Herrn sicher über die reißenden Strudel, bilanzsicher ...

Frohnau. Bengler riß sich von seinen Gedanken los. Er erreichte Jerxheims weißes Landhaus, fuhr daran vorbei, wendete und parkte drei Grundstücke davor.

Weit und breit kein Mensch. Auch bei Jerxheim war alles still und dunkel. Es schien so furchtbar leicht zu sein – und dennoch klopfte sein Herz plötzlich wie wild, und der Schweiß lief ihm den Rücken hinunter. Zuviel stand auf dem Spiel ... Er nahm seine Aktentasche in die Hand, stieß die Tür auf und stieg aus.

Es war knapp unter Null, und der eisige Nordost trieb wäßrige Schneeflocken die Straße hinauf. Günstiger hatte er's kaum treffen können, denn bei diesem Wetter verzichteten auch die trimmfreudigsten Hundebesitzer auf ihren abendlichen Rundgang. Glück auch für ihn, wenn er an die Fußspuren dachte, daß der Boden noch zu warm war und der Schnee nicht liegenblieb ... Er widerstand der Versuchung, sich dauernd umzudrehen und dadurch doch irgendwo Verdacht zu erregen; unbeirrt hielt er auf die kleine vergitterte Tür neben dem schmiedeeisernen Gartentor zu. Nach zwei Fehlversuchen steckte der Schlüssel im Schloß ... Gab es schon Sicherungsanlagen, die Alarm schlugen, wenn ein Fremder irgendwelche Schranken passierte? Sensoren, die auf fremde Hautströme oder Gerüche ansprachen? Die moderne Elektronik ... Instinktiv wartete er, ob eine Sirene aufheulte.

Alles blieb ruhig.

Er eilte den gewundenen Weg zum Haus hinauf. Hunde hielt sich

Jerxheim keine; von daher war nichts zu befürchten. Bengler war ein paarmal bei Jerxheim eingeladen gewesen, so daß er sich ohne besondere Schwierigkeiten zurechtfand. Er wußte auch, daß der eine Schlüssel Gartentor, Haustür und Garage aufschloß. Alles lief nach Plan.

Als er dann aber Sekunden später im Windfang stand, sank er erschöpft gegen die Wand. Mehrere Atemzüge lang war ihm so elend und schwach wie einem, der nach mehrwöchiger Bettruhe zum erstenmal aufgestanden ist. Seine augenblickliche Hilflosigkeit versetzte ihn in eine gewisse Panik, und schnell verschloß er die Haustür von innen.

Bengler hatte jedes Zeitgefühl verloren, aber es mochten keine drei Minuten vergangen sein, als er sich wieder voll in der Gewalt hatte. Was nun? Sollte er Licht machen, oder sollte er sich im Schein seiner kleinen Taschenlampe vorantasten? Was würde, wenn einer der Nachbarn zufällig herübersah, am wenigsten Aufsehen erregen?

Er entschied sich für die Taschenlampe, denn er war sich hundertprozentig sicher, daß das, was er suchte, nirgendwo anders als in Jerxheims Kellerräumen verborgen sein konnte. Die Tür zum Keller ging von der Diele ab, wie er vom letzten Besuch her wußte, als er, scheinbar die Toilette suchend, die kleineren Türen der Reihe nach durchprobiert hatte. Mit wenigen Schritten hatte er sein erstes Ziel erreicht.

Auf der Kellertreppe erneutes Zögern. Licht? Oder weiterhin nur die Taschenlampe? Wieder nahm er die Hand vom Lichtschalter, denn er war sich nicht im klaren darüber, wie die einzelnen Kellerfenster verteilt waren. Schöpfte einer der Nachbarn Verdacht und alarmierte die Polizei, saß er drin im Schlamassel.

So tastete er sich, seine ohnehin schwache Taschenlampe noch mit der Hand abschirmend, die Kellertreppe hinunter, stellte seine Aktentasche am Öltank ab und begann dann, die einzelnen Kellerräume zu inspizieren. Es war ein Landhaus mit einem beachtlichen Grundriß; da waren Heizungs- und Wäschekeller, Tischtennisraum, Sauna, ein Schwimmbad mit Gegenstromanlage . . . Dann eine Bar. Hier stand mehr Alkohol herum als in manchem Restaurant, aber das war nicht weiter verdächtig – Jerxheim hatte mehrmals in der Woche Geschäftsfreunde zu bewirten . . . Nein, verdächtig war das hier nicht. Da war nur die ungeheuer aufwendige Ausstattung dieser Bar, der ganzen Villa – das mußte in die Hunderttausende gehen . . . Im ersten Augenblick hatte sich Bengler unsicher gefühlt in dieser Umgebung; jetzt empfand er sie als eine Filmkulisse, in der er als einfacher Schauspieler agierte. Die Rolle des Einbrechers, die spielte er nur, die konnte er jederzeit wieder ablegen.

Nach der Bar kam er in die Garage und danach in einen Raum, dessen Tür offenbar direkt in den Garten führte und der angefüllt war mit Rasenmähern, Leitern, Harken, Spaten, Torf und Düngemitteln. Er nahm die Spaten in die Hand und betrachtete sie aufmerksam im Schein der Wandleuchten, die er hier, wo es kein Fenster gab, nun doch eingeschaltet hatte, ebenso wie er die Sichel und die herumliegenden Enden eines alten Gartenschlauchs prüfte. Nichts!

Enttäuschung machte sich breit, aber auch Freude. Oder sollte das, was er suchte, eher auf Jerxheims Dachboden zu finden sein? Es sprach zwar alle Logik dagegen, aber vielleicht war gerade das ein Grund, auch noch da oben nachzusehen.

Er war schon auf dem Wege dorthin, als sein Blick auf eine Tischtennisplatte fiel, die ein paar Meter vom Öltank entfernt an der Wand lehnte. Er blieb wie angewurzelt stehen. In seinen Ohren rauschte es. Über der Platte hatte er eine dunkelbraune Stahltür entdeckt, deren letzte Zentimeter . . .

Er klemmte die Taschenlampe zwischen die Zähne und hob die Tischtennisplatte zur Seite. Richtig, eine stabile Tür, wie die Feuerschutztüren in der Firma . . . Schon hatte er die Klinke nach unten gedrückt . . . Zu!

Was war er für ein Idiot! Hatte er denn ernsthaft erwartet, diese Tür, gerade sie, offen zu finden? In seiner Verzweiflung probierte er den Haustürschlüssel. Natürlich paßte der nicht. Was nun? Es war ein Sicherheitsschloß, und er war alles andere als ein Profi. Keine Chance, es zu knacken . . . Einen Augenblick lang überlegte er, ob er sich ganz dreist als Jerxheim ausgeben und einen der Schlüsseldienste alarmieren sollte, die im Notfall und gegen Aufpreis auch nachts kamen. Doch wenn der Schlosser dann sah, was er in diesem Kellerraum vermutete . . .

Unmöglich!

Blieb nur eines: im ganzen Haus nach diesem Schlüssel zu suchen. Also stieg er nach oben und suchte in allen möglichen Schränken und Schubladen. Im Scheine seiner immer schwächer werdenden Taschenlampe bekam er im Laufe der nächsten halben Stunde gerade drei Schlüssel zusammen, die von der Form her passen konnten. Er wollte sie erst mal ausprobieren, ehe er weitersuchte.

Jetzt, nachdem er sich vergewissert hatte, daß der Lichtschein durch keines der Kellerfenster nach draußen dringen konnte, schaltete er auch die vergitterte Lampe über der Kellertreppe ein. Außerdem war er langsam in einer Stimmung, in der ihm alles egal war. Und wenn mich wirklich einer erwischt . . .

Der erste Schlüssel paßte nicht.

Der zweite Schlüssel paßte nicht.

Und der dritte auch nicht.

Bengler hätte heulen können. Er blickte auf seine Armbanduhr. Es war kurz nach Mitternacht. Schichtarbeiter gab's in dieser piekfeinen Gegend sicherlich nicht. Wenn die ersten gegen sieben ihre Villen verließen, war's noch früh. Zeit hatte er also noch. So nahe am Ziel! Und wer weiß, wann sich eine Gelegenheit wie diese hier wiederholte. Andererseits – ob er's nun wußte oder nicht . . .

Doch, er mußte es herausbekommen. Sonst war alles umsonst.

So stieg er noch einmal nach oben, knipste die Lampe über der Kellertreppe wieder aus, drückte die hölzerne Tür auf – und prallte zurück.

Da wurde die Haustür aufgeschlossen.

Da waren Stimmen im Windfang und auf der Diele.

Da hörte er Jerxheim sagen: «Kommt, Jungs, hängt eure Mäntel da an'n Haken.»

Da wurde gekichert. «Los – hinab in die Unterwelt!»

Bengler zog die Tür wieder zu. Nach der ersten Schrecksekunde stolperte er die Kellertreppe hinunter, fing sich erst unten, als er das Geländer zu fassen bekam ... Sie durften ihn nicht finden. Sie durften ihn nicht fangen. Er fürchtete weniger die Polizei, er fürchtete den Keller, der verschlossen war.

Doch wohin?

Ins Schwimmbad? Nein, vielleicht badeten sie vorher. In die Bar? Nein, mit Sicherheit tranken sie noch was. In die Garage? Nein, womöglich brachte einer den Wagen hinein ...

Da waren sie schon, oben an der Tür. Das Licht flammte auf.

«Mir nach!» schrie jemand.

Eine Stimme, die Bengler kannte: Uwe Kurz, Bruder Kurz. Der junge Mann, den er bei der Einweihung des neuen Betsaales für die Gemeinschaft der Bußfertigen geworben und Jerxheims Obhut anempfohlen hatte.

«Vergeßt das Tonband nicht!» rief Jerxheim.

Schon war er auf der Treppe.

Bengler war noch immer erstarrt. Seine Hände krampften sich um die Aktentasche. Sie waren zu dritt. Sie waren nicht mehr aufzuhalten. Wenn seine Vermutungen stimmten, dann ... Niemand wußte, daß er heute hier war ... Wo würde man seinen verstümmelten Körper ...?

4

Bongos, Buschtrommeln; weit über hundert Phon aus zwei Stereolautsprechern. Flackernde Lichter, Lichtblitze, Lichtbüschel in allen Regenbogenfarben. Sie tanzten in wahnsinnigem Rhythmus. In den kurzen Pausen kreisten Flaschen mit weißem Rum. Jerxheim stürzte als erster zu Boden, wand sich in wilden Zuckungen und schrie, schlagt mich doch, so peitscht mich doch endlich ... Sie wälzten sich alle am Boden, traten sich mit Füßen und schlugen unter tierischen Schreien mit Ketten und Tauenden aufeinander ein. Dies alles geschah vor einem mannshohen und etwa zwei Meter langen Spiegel. Teile des Bodens waren mit Matratzen bedeckt. Dies alles mochte eine geschlagene Stunde gedauert haben, bis Jerxheim wie ein kleines Kind winselte und die anderen um

Erlösung anflehte. Sie schleiften ihn zur Wand und zogen seine Arme durch eine Reihe von Ösen. Nachdem dies geschehen war, übergossen sie ihn mit dem schaumig-roten Blut, das vorher in zwei Glaskaraffen bereitgestanden hatte, und urinierten dann, als Jerxheim jedem von ihnen zweihundert Mark zusätzlich versprochen hatte, auf seinen nackten und völlig blutverschmierten Körper, wobei er endlich zu seinem Orgasmus kam. Dieser war so heftig, daß sich auch bei den anderen Ejakulationen einstellten. Danach schnürten sie Jerxheim in eine Art Schlafsack, hüllten sich selber in die herumliegenden Decken und schliefen voller Erschöpfung ein.

Soweit die Eintragungen in Benglers Tagebuch.

Er hatte sich im letzten Augenblick hinter den großen Öltank pressen können und war dann, bei nur angelehnter Stahltür, Zeuge von Jerxheims Hexensabbat geworden. Er hatte das Treiben der Männer mit äußerstem Abscheu beobachtet, ohne aber verhindern zu können, daß ihre sexuelle Erregung sekundenlang auch auf ihn übergegriffen hatte. Gegen zwei Uhr morgens, als die drei fest eingeschlafen waren, hatte er die Villa ohne Schwierigkeiten verlassen können. Niemand, so glaubte er, konnte ihn gesehen haben.

Jerxheim war also auf masochistische und sadistische Handlungen fixiert. Benglers schlimmste Befürchtungen hatten sich erfüllt: Jerxheim hatte der Gemeinschaft der Bußfertigen bislang die finanzielle Unterstützung nur gewährt, um sich in aller Ruhe die für seine Zwecke geeigneten jungen Männer aus den Reihen der Gläubigen herauspicken zu können . . . Eine für Bengler fürchterliche Erkenntnis.

Wenn die Polizei dahinterkam, war es das Ende seiner Bewegung und Ende aller seiner Träume. Aus und vorbei. Und es konnte schon morgen herauskommen . . . Das hatte er nicht gewollt; *das* bestimmt nicht!

Leere und Hoffnungslosigkeit erfüllten Bengler. Er hatte sich nach seiner Rückkehr aus Frohnau mechanisch hingesetzt und wie unter Zwang aufgeschrieben, was er gesehen hatte. Dann hatte er sich aufs Bett geworfen und den Kopf in die Kissen gepreßt. Jetzt stürzte er in schwarze Tiefen hinab, fiel und fiel an zerklüfteten Felswänden vorbei und wußte, daß er unten zerschellen mußte. Oder es gab kein Unten; dann war dies die Hölle . . . Mein Gott, mein Gott, warum hast Du mich verlassen . . .

Zum Selbstmord fehlten Bengler die psychischen Voraussetzungen, doch er sehnte sich in diesem Augenblick danach, tot zu sein. Nun war alles verloren. Der letzte Trumpf seines Lebens – verspielt. Er war kein Religionsstifter, kein religiöser Neuerer, der die Welt bewegte – nur der Handlanger eines perversen Schmuckhändlers. Das war alles. Wieder einmal war er gescheitert. Wieder einmal . . .

Wie schon beim Versuch einer akademischen Karriere: Da hatte er nicht die Kraft gehabt, seine Diplomarbeit zu Ende zu bringen und Diplom-Kaufmann zu werden.

Wie schon beim Versuch einer sportlichen Karriere: Da war er nicht über einen stets vom Abstieg bedrohten Verein der damaligen Regionalliga hinausgekommen.

Wie schon beim Versuch einer politischen Karriere: Da war er beim Status eines Unterkassierers stehengeblieben.

Wie schon beim Versuch einer literarischen Karriere: Da hatte es nur zu einer Kurzgeschichte im Berliner Tagesspiegel gelangt; seine Romane und Hörspiele hatten nie einen Abnehmer gefunden . . .

Mißerfolge über Mißerfolge. Und warum? Er wußte es nicht. Er war weder dümmer noch fauler als die Mehrzahl derer, die steil nach oben gestiegen waren. Aus welchem Grunde also war ihm nichts gelungen – nichts, nichts, nichts?

Auf diese seine essentielle Frage hatte er lange Jahre vergeblich nach einer Antwort gesucht. Er war hochbegabt, er wollte etwas leisten – doch was er hatte, das hatten Millionen anderer auch: Abitur, zwei Jahre höhere Handelsschule, ein paar abgeschlossene Kurse in Buchführung und einen unterbezahlten Job in einer unbekannten Handelsfirma . . . Gerhard Bengler? Bloßer Durchschnitt; ein kleiner, mieser Spießer.

In diese Phase seines Lebens, als er schon Mitte dreißig war, fiel der Umzug in die Pestalozzistraße, wo ihn der alte Hirsekorn sehr schnell in religiöse Gespräche verwickelte und zum Bibelstudium anhielt.

Und bald hatte er auch die Antwort auf seine große Frage gefunden: Der Herr hat mich auserwählt, und alle meine Fehlschläge und Mißerfolge sind nur Prüfungen, die er mir auferlegt hat. Nun, da ich mich bewährt habe, wird er mir den rechten Weg weisen!

Das war das eine. Zum anderen hatte er während seines Studiums – neben Betriebswirtschaftslehre auch Soziologie, Psychologie und Philosophie – Kenntnisse erworben, die es ihm ermöglichten, die Gesellschaft zu analysieren: Dies war das Zeitalter des entfremdeten und verdinglichten Menschen, der als *Menschenmaterial* von der großen Maschinerie der Industrie und der Bürokratie verbraucht wurde wie jeder andere Rohstoff auch; des Menschen, der sich immer stärker nach einem lustbetonten Leben sehnte, nach einem Leben, das wieder einen Sinn hatte und hinführte zum vollkommenen Ganzen, zur vollkommenen Ausgeglichenheit, zum Transzendentalen.

Dies alles einkalkulierend, hatte er eine überaus glückliche Entscheidung getroffen: die Übernahme der Gemeinschaft der Bußfertigen. Voll dem Bedürfnis der Massen entsprechend. Mit Hilfe von Jerxheims Geldern war ja auch der Umzug in den neuen Betsaal und damit der Start geglückt. Innerhalb eines Jahres hätte sich seine Bewegung wie ein Buschfeuer über Deutschland ausgebreitet . . .

Nun hatte Jerxheim alles kaputtgemacht.

An Schlaf war nicht zu denken, Bengler wanderte ruhelos durch seine Zimmer. Er schaltete sein Radio ein, ließ den roten Zeiger über die Skala huschen. Die Morgenmagazine der Sender hatten längst begonnen; ein grauer Tag zog auf. Nachrichten. *Hier ist Rias Berlin – eine freie Stimme der freien Welt* . . . Er drehte weiter. Udo Jürgens, Griechischer Wein. Er schaltete wieder ab.

Das Telefon.

Sein Herz schlug schmerzhaft hart. Jerxheim? Hatte Jerxheim doch noch was gemerkt, und . . . Er riß den Hörer hoch.

«Na, gut geschlafen?» Edith.

«Wunderbar», knurrte er.

«Das ist vielleicht ein Gutenmorgenküßchen! Ist was?»

«Nein, is nichts weiter. Zahnschmerzen. Die ganze Nacht kein Auge zugemacht.»

«Du Ärmster! Dann man schnell zum Zahnarzt.»

«Hm, mach ich. Und wie geht's dir?»

«Auch schlecht. Vater scheint noch 'ne Lungenentzündung zu bekommen, ich hab getauscht, ich hab heute nur drei Stunden Unterricht.» Sie war Lehrerin, Deutsch und Geschichte.

«Ich komm heute abend mal vorbei.»

«Das wär nett von dir.»

Sie tauschten noch ein paar Artigkeiten aus, dann war er sie los. Immerhin hatte sie ihn auf die Idee mit dem Zahnarzt gebracht. Gegen halb neun rief er in der Firma an und sagte Frau Hirsekorn Bescheid. Nachdem er kalt geduscht und sich mit einem kräftigen Frühstück neu gestärkt hatte, machte er sich tatsächlich auf den Weg zum Zahnarzt. Ein überkronter Zahn, links oben, verursachte ihm seit einigen Wochen tatsächlich Beschwerden.

Als er dann im Wartezimmer saß, schlug seine depressive Phase plötzlich ins Manische um: Er hatte die Größe, auch diese Situation zu meistern, er war ja auserwählt. *Niemand kann mich aufhalten. Nichts kann mich aufhalten!*

Dieser Umschwung war einmal bedingt durch das köstliche Gefühl des Schuleschwänzens, das er die ganze Zeit schon empfand, vor allem aber durch die Lektüre eines Artikels im SPIEGEL, den er sich aus dem Stapel von Lesezirkelheften herausgefischt hatte. Es ging da um einen amerikanischen Sektengründer, der in ‹Sitzungen›, insgesamt 60 Stunden Dauer, eine Art Psychotraining unter die Leute brachte und einen Riesenzulauf hatte. Fiebernd las er weiter: Die Teilnahme kostete 250 Dollar . . . (Er rechnete es schnell in DM um – bei 300 Beteiligten konnte der Mann über 190000 Mark kassieren) . . . Ein Anwachsen des Kults auf 125 000 Mitglieder . . . Prominente Mediziner und Psychologen gaben der Bewegung die akademischen Weihen . . . Bengler hätte laut losjubeln können.

Euphorie. Phönix aus der Asche. Wiedergeburt.

Das war der absolute Beweis, daß er auf dem richtigen Wege war. Ja, die Zeit war reif für solche Massenbewegungen. Hier wie anderswo. In allen hochindustrialisierten, voll bürokratisierten Gesellschaften: Fluch aller Rationalität, Lob allem Irrationalen und Transzendentalen!

Dann ruhte er im Behandlungsstuhl und ließ die Manipulationen des Arztes wortlos über sich ergehen. Erst später, auf dem Weg ins Büro, dachte er nüchtern darüber nach, wie es nun doch weitergehen sollte.

Er mußte mit Jerxheim fertig werden. Aber wie? Dessen Geld war vorläufig Voraussetzung des Erfolges, aber zugleich brachte die Person des Geldgebers den unabwendbaren Untergang . . . Solange dieser geile Bock sein Unwesen trieb, mußte Bengler ständig mit der Ächtung seiner Bewegung rechnen. Und wenn er ihn zur Rede stellte, wenn er ihm einen Gott wohlgefälligen Lebenswandel anempfahl . . . Aber Jerxheim wollte vermutlich gar keinen Gott wohlgefälligen Lebenswandel führen, sondern weiterhin seine Sauereien mit jungen Bußfertigen treiben. Und Jerxheim hatte das Geld. Und damit, wenn es hart auf hart ging, das Sagen . . . Würde er ihn, Bengler, absägen? Ihn, der auserwählt war? Würde der Herr das zulassen? Aber der Gerechte muß viel leiden, und das Böse ist mächtig in der Welt. Der Heimsuchungen sind viele, große und kleine – wäre dem nicht so, dann hätte nicht er, der Fährmann, Zahnschmerzen gehabt, sondern Jerxheim. Oder wenigstens Dr. Hülfenhaus . . . Um Himmels willen: Hab ich dem seinen Spesenvorschuß . . .? Ja. Ja, ich habe ihn überwiesen, dem Herrn sei Dank!

Als er gegen halb elf sein Büro betrat, ging Frau Hirsekorn gerade ihrer Lieblingsbeschäftigung nach: dem Telefonieren auf Firmenkosten. Diesmal hatte sie die Leiterin der Kindertagesstätte am Apparat. Offenbar hatte ihr Sohn, den sie jeden Morgen dort abgab, die anderen Kinder wieder terrorisiert . . . Bengler konnte nicht begreifen, wie dieses dürre Gerippe jemals zu Mann und Kind gekommen war. Mochte ja sein, daß sie einen guten Charakter hatte, aber das allein . . . Na ja.

Bengler brauchte keine zwei Minuten, dann hatte er seinen Schreibtisch so drapiert, als hätte er den ganzen Vormittag über wie ein Irrer geschuftet. Überaktiv machte er sich an die Durchsicht der Post, zeichnete einige Belege ab, unterschrieb die Bestellung für zwei neue Firmenstempel und machte sich dann an die Durchsicht der Tabellierungen, die vorhin von ihrer Datenverarbeitungsorganisation gekommen waren – sie selbst hatten keine eigene EDV-Anlage. Aber dann hielt es Bengler nicht mehr länger auf seinem Stuhl.

«Ich geh mal schnell zum Chef runter», sagte er.

«Der ist noch nicht da», sagte Frau Hirsekorn. «Ich war eben in der Kaffeeküche, und da hat Herr Schwarz Fräulein Ronnets nach ihm gefragt.»

«So . . .» Bengler setzte sich wieder.

«Fräulein Ronnets hat doch Geburtstag heute – sie ist schon mächtig sauer.»

Komisch, dachte Bengler, wenn Marietta Geburtstag hatte, war Jerxheim sonst schon immer um neun im Hause gewesen – fünfundzwanzig rote Rosen zum Frühstück . . . Ob er sich noch nicht wieder erholt hatte?

Es wurde Mittag, und Jerxheim war noch immer nicht gekommen.

Gegen halb eins ging Frau Hirsekorn, die Halbtagskraft, nach Hause. Solange sie ihm gegenübersaß, hatte Bengler seine Müdigkeit unterdrücken können, war durch sein fieberhaftes Arbeiten wach geblieben. Nun plötzlich war alle Luft bei ihm raus. Er pappte draußen neben dem Namensschild eine gelbe Karteikarte an den Türrahmen, Aufschrift: BIN ZU TISCH, dann schloß er sich ein, legte den Kopf auf die Schreibtischplatte und war im Handumdrehen weggetreten.

Er mochte eine halbe Stunde geschlafen haben, als ihn das Telefon wieder hochriß. Sekundenlang glaubte er, noch im Bett zu liegen, wunderte sich nur, daß der Wecker so komisch klang, dann fuhr seine rechte Hand, wie ins Ungewisse tastend, in Richtung Telefon. Natürlich, Dr. Hülfenhaus, wer sonst. Dieser verhinderte Udet!

«Ich hab ja immer noch kein Geld auf dem Konto!»

«Welches Geld bitte . . .?» Bengler war noch immer im Tran.

«Mensch, Mann, Sie haben sich wohl schon unten bei Fräulein Ronnets vollaufen lassen! Ich meine den Vorschuß London–Amsterdam.»

«Und er ist noch nicht auf Ihrem Konto?»

«Sonst würde ich ja nicht fragen!»

«Ich hab Ihnen doch gestern früh zweitausend Mark überwiesen», sagte Bengler, der langsam wieder zu sich kam.

«Fragt sich nur, auf welches Konto!» höhnte Dr. Hülfenhaus.

Mann, muß der wieder knapp bei Kasse sein, dachte Bengler; na ja, die Fliegerei . . . «Hier, ich hab den Beleg noch hier liegen: Berliner Bank 82/41312 500 . . .»

«Das ist doch nicht zu fassen: 82/41 3**21** 500!» schrie Hülfenhaus.

«Ich bring's gleich in Ordnung», versicherte Bengler, «Entschuldigung, aber bei den vielen Zahlen verdreht man schon mal zweie . . .»

Hülfenhaus hatte schon aufgelegt. Er schluckte seinen Ärger hinunter, rief bei der Depositenkasse 82 an, um die Sache schnellstens in Ordnung zu bringen, zog seinen Mantel an und fuhr mit dem Fahrstuhl hinunter, um für Marietta ein paar Blümchen und einen Kasten Konfekt zu kaufen.

Es war wärmer geworden, und der langersehnte Hauch von Frühling war plötzlich da. Die Leute waren alle aufgekratzt heute – oder kam's ihm nur so vor, weil er völlig überdreht war? Alles Leben um ihn herum pulste ein paar Takte zu schnell, die Farben waren zu grell, die Leute hatten viel zu schrille Stimmen.

Daß er sich irgendwie in einem Ausnahmezustand befand, merkte er auch, als er Marietta gratulierte. Sie war allein im Vorzimmer, und das obligatorische Geburtstagsküßchen wuchs sich zu einem ungebremsten Dauerbrenner aus.

«Mensch, du bist ja heißer als mein Dackel!» lachte sie.

«Marietta ...» Es wurde nur ein Krächzen. Schließ die Tür zu, wollte er sagen, leg dich auf den Schreibtisch ... Was ist denn los mit mir?

Herr Schwarz stand in der Tür.

«Hier geht's ja ganz schön munter zu», sagte er und lächelte verständnisvoll-milde, während er Marietta die Hand schüttelte. «Also, mein liebes Fräulein Ronnets, auch von mir die allerherzlichsten Glückwünsche! Wachsen, blühen und gedeihen Sie weiter so wie bisher.»

Bengler schwitzte; er wollte gehen, aber Herr Schwarz hielt ihn zurück.

«Ich bin zwar Vertriebsleiter, aber ich vertreibe doch keine Geburtstagsgäste!»

Drei Flaschen Sekt hatte Marietta im Lauf des Vormittags schon geköpft, jetzt kam die vierte dran. Herr Schwarz öffnete sie mit der Grandezza eines spanischen Oberkellners.

Bengler blieb zunächst einsilbig. Er verstand sich selbst nicht. Der Fährmann mußte nicht unbedingt ein Asket sein, aber ... *Du bist ja heißer als mein Dackel!* Ja, genauso war es. Früher hatte er das nicht gekannt – nicht in der Form, nicht so brutal, nicht so triebhaft ... Bin ich denn besser als Jerxheim?

Jerxheim!

Wo steckt der denn?

«Ist der Chef eigentlich schon wieder gegangen, oder ist er noch nicht da?» fragte er in eine Gesprächspause hinein.

«Der war noch gar nicht hier!» rief Marietta. «Nun werd ich aber doch langsam unruhig. Um 8 Uhr 35 wollte er zurück sein, mit der ersten Maschine aus Hamburg ... Ich ruf jetzt gleich mal bei der PanAm an, in Tegel.»

«Das kannst du gleich ...» Fast hätte sich Bengler verplappert.

«Was kann ich gleich?»

«Ich dachte, da kommt er gerade den Flur lang. War aber nur Dr. Hülfenhaus ...

Marietta hängte sich ans Telefon und staunte dann, als die PanAm-Leute in ihren Unterlagen zu wühlen begannen. «Heute ist er nicht zurückgeflogen», sagte sie zu Bengler und Herrn Schwarz, die Sprechmuschel mit der Hand abdeckend. 7-55 nicht, 8-55 nicht, 10-55 nicht und jetzt, 12-40, auch nicht ... Wo mag der denn abgeblieben sein?»

Der liegt noch im Keller, dachte Bengler, vielleicht ist er von allein krepiert, vielleicht haben die beiden Jungen noch etwas nachgeholfen ... Er verspürte eine gewisse Erleichterung.

«Er ist schon gestern abend mit der letzten Maschine zurückgekommen», sagte Marietta dann und legte wieder auf. «21 Uhr 35.»

«Und? Haben Sie denn noch nicht bei ihm zu Hause angerufen?» fragte Herr Schwarz.

«Na sicher – x-mal schon. Da meldet sich aber keiner.»

Bengler fror mit einemmal.

Abwarten! Was sollten sie anders tun? Sich in den witzigsten Vermutungen über Jerxheims Verbleib überbietend, gingen sie, nachdem sie ihre Sektkelche geleert hatten, wieder auseinander.

Oben in seinem Büro stützte Bengler den Kopf in die Hände. Was nun? Wenn Jerxheim wirklich tot war und man den Leichnam dort im Keller fand, dann war dies vermutlich das Aus für seine Gemeinschaft der Bußfertigen: Man würde von diesem entarteten Teil auf das Ganze schließen, in der Presse über sie herziehen, sie womöglich als kriminelle Vereinigung verbieten . . . Er hatte schon im Strafgesetzbuch nachgeschlagen. Zwar hieß es da lediglich: *Wer eine Körperverletzung mit Einwilligung des Verletzten vornimmt, handelt nur dann rechtswidrig, wenn die Tat trotz der Einwilligung gegen die guten Sitten verstößt* – aber wenn das, was die da getrieben hatten, nicht gegen die guten Sitten verstieß, was verstieß dann gegen die guten Sitten!?

Was tun?

Sollte er sich heute abend noch einmal in die Villa schleichen, alle Spuren der nächtlichen Orgie beseitigen und Jerxheims Leiche dann irgendwo . . . Quatsch! Damit setzte er sich dann auch noch dem Verdacht aus, Jerxheims Mörder zu sein. Und wahrscheinlich hatten sie ihn bis heute abend ohnehin schon gefunden. Sein Sohn, die Nachbarn . . .

Das Telefon schrillte.

Bengler zuckte zusammen. Marietta. Jerxheim ist eingetroffen . . . Er riß den Hörer von der Gabel.

«Ja . . .?»

Seine Mutter. Aus Bad Zwischenahn. Sie kam gerade von einem Familientreffen aus Hannover zurück und hatte die neuesten Erfolge seiner Cousins und Cousinen zu vermelden. Der eine war Chefarzt geworden, der andere hatte eine Apotheke eröffnet, der dritte seinen ‹Doktor gebaut›, wie sie sich ausdrückte – und hinter allem steckte ein anklagendes *Und du?*.

Während sie weiter berichtete, trat Bengler an die leicht geöffnete Balkontür, polkte mit den Fingern die abblätternde dunkelgrüne Farbe von dem ebenso niedrigen wie wackligen Schutzgitter und sah die Bismarckstraße hinunter, ohne richtig zuzuhören.

«. . . und denk dir, der Jens hat sich jetzt auch ein Haus gebaut – 165 Quadratmeter Wohnfläche, Hannover-Kirchrode, und eingerichtet! Die haben einfach *alles*!»

Sie benutzte offenbar wieder den Apparat ihrer Nachbarin; deren Gatte war Postrat und durfte deswegen kostenlos telefonieren.

«. . . und der Holger . . .»

Seit er denken konnte, ging das so.

Hatte er das Abitur mit einem Schnitt von 3,1 gemacht – was damals noch völlig uninteressant war –, so hieß es sofort: Der Jens hatte nur

Einsen und Zweien. Machte ihn Jerxheim morgen zum Prokuristen, so kommentierte sie's unter Garantie mit den Worten: Weiter so, mein Junge – der Carsten war auch erst Prokurist und hat sich dann selbständig gemacht . . . Ihre ewigen Vergleiche! Dabei war sie weder eine erfolgreiche Ärztin oder Oberstudiendirektorin oder Bundestagsabgeordnete, sondern die kleine Postobersekretärin Margarete Bengler, geborene Kraftczyk, Witwe des Regierungsamtmannes Heinrich Bengler.

Schließlich kam sie zur Sache. Sie bat ihn, ihr als Geburtstagsgeschenk für Tante Lotte eine schöne Brosche zu bestellen. «Ihr bekommt doch so was immer zum halben Preis, nich wahr. Warte mal, ich sag dir schnell noch Firma und Katalog-Nummer . . .»

Ihre Umständlichkeit nervte ihn, aber gehorsam schrieb er alle Zahlen auf, die sie ihm ins Ohr schrie.

«Von der Firma Diamantina – hast du . . .?»

«Ja, hab ich.»

«Und achte bitte darauf, daß sie dir nicht wieder . . .»

Bengler fuhr dazwischen: «Du, entschuldige – ich muß jetzt Schluß machen: Mein Chef kommt!»

Es war keine Ausrede. Jerxheims Wagen rollte gerade durch die Toreinfahrt auf den Parkplatz hinterm Haus.

Damit war Bengler zwar die Sorge los, wie er Jerxheims Leichnam beseitigen sollte; es stellte sich jedoch nun das zumindest gleich schwere Problem, wie er seinen lebendigen Chef dazu bewegen konnte, einerseits auf seine maso-sadistischen Ausschweifungen zu verzichten, andererseits aber der große Finanzier der Gemeinschaft der Bußfertigen zu bleiben.

Bengler war noch immer ratlos. Er hatte noch immer keine Strategie und keine Taktik, und überdies wußte er, daß sein Improvisationstalent nicht sonderlich hoch zu veranschlagen war. Er zögerte die unvermeidliche Begegnung hinaus.

Um halb sieben wagte er sich endlich in die Chefetage. Das Vorzimmer war leer – Marietta war schon gegangen. Auf dem Geburtstagstisch standen noch einige Sektflaschen, leere wie volle, neben zerbrochenen Salzstangen, benutzten Gläsern und überquellenden Aschenbechern.

«Hallo, Bruder Bengler!» Jerxheim stand in der Tür seines Büros. «Kommen Sie rein . . .» Er gab den Weg frei.

Bengler sah, daß noch eine Sektflasche ungeöffnet auf Jerxheims Schreibtisch stand. Ob er sich die unter den Nagel gerissen hatte? Ob die Ronnets ihm die Flasche geschenkt hatte? Ob er sie als Präsent für seine Sekretärin gedacht hatte? Völlig unwichtig, aber in seiner Erregung versteifte sich Bengler auf die Beantwortung dieser Frage. Jedenfalls eine andere Marke als die, die Marietta vorhin . . . Zur Sache! Bengler hatte nicht die Nerven zu tastenden Eröffnungszügen; er ging sofort aufs Ganze. «Ist das zufällig Ihrer? Den hab ich vorhin auf dem Flur gefunden . . .» Er warf Jerxheims Zweitschlüssel auf die billardgroße Schreibtischplatte.

Jerxheim lächelte.

Bengler sah es durch Nebelschwaden hindurch. Er hatte einen heftigen Schweißausbruch. Er zweifelte plötzlich ernsthaft daran, daß dieser Jerxheim mit dem Jerxheim von gestern nacht identisch war. Das konnte doch nicht sein – dieser behäbig-würdige Mann im dunklen Anzug . . . *Schlagt mich doch – so peitscht mich doch endlich . . .*

Bengler schwankte, taumelte, mußte sich am Besuchersessel festhalten. Sein Herz raste. Die Konturen lösten sich auf, die Dinge verloren ihren Sinn . . . Wo bin ich? Wer bin ich? Wer ist der Mann da? Was will ich hier?

«Mein Schlüssel?»

Es mochte Sekunden gedauert haben. Benglers Anfall ging vorüber, als Jerxheim in seinen Taschen zu suchen begann.

Jerxheim klappte den schwarzen Aktenkoffer auf, der links auf dem Schreibtisch stand. Bengler sah, daß sich im Koffer neben Schnellheftern und Plastikfolien mit Prospektmaterial einige Bündel mit Tausendmarkscheinen befanden. Fünfzigtausend Mark konnten's sein . . . Wo war Jerxheim gewesen? Was hatte er vor?

«Da ist er doch – am Schlüsselbund!» Jerxheim hielt es hoch, ließ es über dem Schreibtisch baumeln.

«Ah ja . . .» sagte Bengler nur. Ihm war klar, daß er im Augenblick jede Kontrolle über die Situation verloren hatte.

Dann war aber auch Jerxheim sekundenlang perplex, als er nämlich den Schlüssel an seinem Schlüsselbund mit dem Exemplar verglichen hatte, das Bengler auf den Schreibtisch geworfen hatte.

«Die sind ja beide gleich . . .» Einen Moment brauchte er, um zu schalten. «Ist das vielleicht mein Zweitschlüssel?» Er riß seinen Schreibtisch auf, griff sich die kleine Pappschachtel und öffnete sie.

«Die ist leer», sagte Bengler an seiner Stelle.

Jerxheim schien etwas zu dämmern. «Dann haben *Sie* . . .?»

«Ja!» schrie Bengler. Und jetzt brachen alle Dämme: «Ich hab ihn rausgenommen! Und ich war gestern nacht bei Ihnen im Haus, als es passiert ist – dieses widerliche Treiben mit Bruder Kurz und dem andern . . .»

Jerxheim sank auf seinen schwarzen Ledersessel und starrte ihn an.

Stille.

«Wenn das rauskommt . . .» Bengler hatte einen Kloß im Hals, setzte neu an: «Wenn das . . .» – und gab auf.

Wieder Stille.

«Wenn das rauskommt, was bei Ihnen da geschieht, verbieten uns die Behörden», sagte Bengler.

Jerxheim spielte mit dem Schlüssel und schwieg.

«Haben Sie etwa den Jungen, der vorgestern nacht in Hermsdorf Selbstmord begangen hat, auch angestiftet?»

Jerxheim sagte immer noch nichts.

«Ich kann nicht zulassen, daß Sie mir alles wieder kaputtmachen!»

Jerxheim lächelte vor sich hin.

«Oder haben Sie von Anfang an nur mitgemacht, um sich Ihren ... Ihren ‹Nachwuchs› aus unseren Reihen zu holen?»

Jerxheim stand auf. «Sie sind doch nichts weiter als ein kleiner verrückter Spinner! Wir sind hier nicht in Amerika, und was da läuft, läuft hier noch lange nicht! Meinen Sie denn, ich ...»

Das Geld im Koffer!

«... meinen Sie denn, ich hätte das nicht gleich bemerkt?»

Dieses Schwein! «Ich zeig Sie an! Heute noch – gleich jetzt!» schrie Bengler.

Jerxheim lächelte. «Dann ist doch Ihr Club gestorben – ein für allemal. Moralisch und finanziell.»

Bengler sprang ebenfalls auf. *Die Sektflasche* ... «Dann wollen Sie also, daß es so weitergeht?» *Die Sektflasche und* ...

«Sicher – wie soll's sonst weitergehen?»

«Ich laß mir meine Jungs nicht von Ihnen versauen, Sie ... Sie ... Sie perverse Sau, Sie!» *Die Sektflasche und ein Griff* ...

«Was soll denn das ... Bengler! Sind Sie übergeschnappt?»

Alle Vernunft hinweggespült. Kurzschluß. «... Sie Strolch Sie, Sie Dreckschwein! Ich werd Ihnen ... ich werd Ihnen schon ...» *Wie eine Handgranate. Wie eine Keule.*

«Lassen Sie die Flasche los, Bengler ... *Nicht!* NICHT!»

Rosige Kopfhaut. Leicht gekräuselter Haarkranz.

«Bengler – NEIN! Beng»

Mit aller Wucht ...

Blut.

Danach III

Der Ober bringt, und das soll das letzte sein, zwei Magenbitter. Ich zeige Mannhardt die Presseberichte, die ich bei uns im Archiv gefunden habe.

«Weißt du, was mir aufgefallen ist? Daß ungewöhnlich viele von diesen Sektenführern aus dem kaufmännischen Bereich kommen – Häusermakler, Autoverkäufer, Händler . . .»

«Kunststück – 'nem echten Profi, dem isses doch schnurzpiepegal, was er den Leuten da andreht.»

«Sag mal, stimmt es denn eigentlich, daß Bengler damals bei den Studentenunruhen mitgemacht hat, 68, in Berlin hier?»

«Nicht in der allerersten Reihe, aber immerhin . . . Einiges organisiert hat er wohl. Wir haben da 'ne Fotokopie von 'nem Flugblatt, das er mitverteilt hat. 15. Mai 68 . . .» Er reicht mir die Fotokopie rüber. Ein Streikaufruf.

GEGEN NOTSTANDSGESETZE. *Die Versuche seitens der Bundesregierung, eine Notstandsgesetzgebung herbeizuführen, sind seit nunmehr 10 Jahren im Gang. Die Verabschiedung scheiterte bisher am massiven Protest engagierter Gewerkschafter, Studenten und Professoren, denen bewußt war, daß die Notstandsgesetze ein Herrschaftssystem, das die Ausbeutung gesellschaftlichen Mehrwerts durch eine bestimmte Klasse garantiert, absichern . . .*

Und so weiter. Ich werde sarkastisch. «Da kann man mal sehen, was das damals für Brüder war'n!»

«Die Journalisten hier, die ihn jetzt hochjubeln, die kümmert das doch 'n Dreck – schließlich hat er sich inzwischen gewandelt: Saulus – Paulus . . . Du bist der erste, der da nachhakt.»

«Ich laß es auch lieber sein; mir geht's ja bloß darum, mal ganz ohne Polemik zu zeigen, von wo er sich überall sein Rüstzeug zusammengeholt hat. Keine Diffamierung deiner Heiligen!»

«Na komm!» Mannhardt wird böse.

«Und warum hat er da bei denen nicht mehr Furore gemacht?»

«Keine Ahnung. Auf alle Fälle ist er bei den Flügelkämpfen nachher voll auf die Schnauze gefallen. Die haben wahrscheinlich gemerkt, daß er sie nur benutzen wollte, um mal in die Zeitung zu kommen – Publicity, nichts weiter . . . Auf der anderen Seite hat's ihn wohl so viel Zeit gekostet, daß er nachher nicht mal sein Diplom geschafft hat.»

«Ah, ja – darum dann der Nervenzusammenbruch, die psychiatrische Behandlung . . .»

«Die kam erst, als ihn keine Firma mehr einstellen wollte – wegen der

Teilnahme an den Demonstrationen.»

«Von daher muß er dir doch sympathisch gewesen sein?» Ich kann's nicht lassen.

«Sympathisch? Mir?»

Mannhardt guckt mich an, als wär ich vom Verfassungsschutz. Was mag ihn derart aus dem Gleichgewicht bringen? Ich wechsle schnell das Thema.

«Du hast vorhin schon mal davon angefangen, aber noch mal von vorn: Wie ist er denn eigentlich zu dieser komischen Sekte gekommen?»

«Sozusagen wie die Jungfrau zum Kind.»

«Gegründet hat sie doch der alte Hirsekorn?»

«Ja, wie gesagt: Johannes R. Hirsekorn, geboren 1910 in Jüterbog. Ganz einfach: Der alte Hirsekorn hatte ein hübsches Zimmer zu vermieten gehabt, hinten in der Pestalozzistraße. Als kleiner Schreibwarenhändler, da hat er auch nicht die Welt verdient. Und Bengler ist da eingezogen, weil's von da aus nur 'n Katzensprung zur Firma war.»

«Ist das die Wohnung, die er heute noch hat?»

«Ja, die hat er dann übernommen, als der alte Hirsekorn, eh, heimgegangen ist.»

«Und der hatte ihn langsam, aber sicher in seine Sekte reingezogen?»

«Halb zog er ihn, halb sank er hin. Erst durfte er ihm mal für ein paar Mark bei der Herrichtung des Versammlungsraumes helfen, schließlich war er dann so 'ne Art Küster. Bis dann Hirsekorn seine Erleuchtung hatte, draußen an der Havel.»

Ich begreife langsam. «Und Jerxheim?»

«Jerxheim war schon früher geworben worden, und zwar von Hirsekorns Schwiegertochter, der Halbtagskraft in der Buchhaltung, die dann mit Bengler zusammengearbeitet hat.»

«Wenn ich richtig verstehe, dann hat also Jerxheim den Bengler zu sich in die Firma geholt, und Bengler hat ihn im Laufe der Zeit so weich geklopft, daß er immer mehr Geld in die Sekte gesteckt hat?»

«Genau. Wenn auch offensichtlich mit einigen Hintergedanken . . . Schau mal!» Mannhardt deutet zum Fenster.

Draußen auf dem Kudamm versucht ein kahlgeschorener junger Mann, in ein grau-weißes Wickeltuch gehüllt, zwei Schülerinnen seine Schriften zu verkaufen. Mit Erfolg. «Das ist doch legales Kidnapping, was der da macht», sagt Mannhardt; «und keiner tut was gegen!»

Seit der Sache mit Elke sieht er immer gleich rot. «Schon der Rattenfänger von Hameln hätte nie 'ne Chance gehabt, wenn's den Kindern da in der Stadt nicht so gestunken hätte. Irgend 'ne innere Bereitschaft zum Mitgehen muß schon da sein, sonst klappt's nicht.»

«Sicher . . .»

«Ich hab bei mir in der Redaktion fünfzig Interviews auf 'm Band, mit Jugendlichen, und immer dasselbe: Bei uns zu Hause nichts los, das kotzt mich alles an. Jeden Tag derselbe Scheiß . . . Dazu noch vier oder fünf andere Gründe: Abitur nicht geschafft, Numerus clausus, keine Lehrstelle, keine Arbeit, Krach mit dem Partner, die herkömmlichen Gottesdienste, die nichts mehr bringen . . . Vielleicht noch 'n paar Drogenabhängige, die wieder *clean* werden wollen.»

«Und was haben die Sekten Besseres zu bieten? – Nichts!»

«Doch: neuen Sinn.»

«Neuen Unsinn!»

«Wie du willst. In der ersten Phase ist es sicherlich ein hübsches Neuheitserlebnis – schon der Ausbruch ist doch ganz was Tolles! Dann die feste Einbindung in die Gruppe, der enge Kontakt untereinander, vielleicht noch 'n bißchen Ackerbau und Viehzucht . . . Die mystische Überhöhung aller Aktivitäten, die Riten, Gotterkenntnis, durch Gott die Welt des Übersinnlichen erfahren, Halluzinationen – na, wenn das nichts ist! Besser im Nirwana als im Gruppenakkord.»

«Aber das dicke Ende, das kommt dann schon! Wer mal in so 'ner Sekte drin ist, der sitzt doch im schlimmsten Gefängnis, das sich denken läßt . . . Dauernd Drill, dauernd Gehorchen, tausend Ängste. Und raus lassen sie auch keinen mehr . . . Unsere Kinder gehen kaputt, und die Sektenmanager kriegen immer dickere Konten.»

«Verbieten kannst du sie nicht. Und wenn du sie verbietest, dann hilft es auch nicht viel: Das Unbehagen bleibt. Was willst du tun gegen?»

«Ich wüßte schon was», sagt Mannhardt.

5

Mannhardt ärgerte sich. Je intensiver er sich darauf konzentrierte, noch einmal einzuschlafen, desto wacher wurde er. Fünf Uhr erst. Dabei hatte er sich vorgenommen, bis sieben, halb acht zu schlafen . . . Schlafen war etwas, was er mit wirklicher Leidenschaft tat. Hinlegen, Augen schließen, abschalten. Schlafen galt als ungemein gesund, und Schlafen war damit ein hundertprozentig legitimer Grund, sich von allem zurückzuziehen. Das billigste Opium für die, die von allem die Nase voll hatten . . . Aber leider Gottes ließ sich der Schlaf ebensowenig herbeibefehlen wie der Sonnenschein. Und Medikamente, Schlafmittel, die mochte Mannhardt nicht. Er hatte in seiner Laufbahn zu viele Menschen gesehen, die sich mit Schlaftabletten vergiftet hatten.

Dann saß er im Wohnzimmer, im Sessel, nur im Bademantel, und aß Konfekt. Seit er nicht mehr rauchte, ließ er die Profitraten der Schokoladenfabriken in die Höhe schnellen. Er starrte in die mattierte Glühbirne, schloß dann die Augen und ließ den Draht gelb-grün-violett auf seiner Netzhaut verlöschen. Jetzt fiel ihm auch wieder ein, weshalb er aufgewacht war. Ein merkwürdiger Traum, seit einigen Wochen sein Standardtraum Nummer eins: Er fuhr mit der U-Bahn. Offensichtlich in Berlin, denn er hatte seine Aktentasche bei sich, und die Frau neben ihm las den *Tagesspiegel*. Sie kamen durch einen zitronengelb gekachelten Bahnhof: SEESTRASSE. Den kannte er. Aber dann kamen Bahnhöfe, die er noch nie gesehen hatte. Manche riesig wie der Frankfurter Hauptbahnhof, manche so klein, daß für die Leute nur ein knapper Meter Bahnsteig blieb. Fuhr die U-Bahn ein, riß sie ihnen die Knöpfe vom Mantel. Dann stieg er um. Sieben, acht Bahnsteige lagen über- und nebeneinander. Treppenlabyrinthe. Der Bahnhof hieß WLACKOW. Ein unheimlich langer, ein endloser Zug kam aus dem Dunkel des Tunnels. Er fuhr, so daß Schild an seiner Stirnseite, nach TROLLZ. Oben am Bahnsteig leuchtete aber ein Schild auf: ZUG NACH MALTA. Als er eingestiegen war, bemerkte er, daß sich überhaupt keine Sitzbänke im Wagen befanden. Und er war der einzige Fahrgast. Nirgendwo eine Notbremse! Er schrie auf. In diesem Augenblick mußte Lilo ihn geschüttelt haben.

Was tun? Ins Büro fahren und arbeiten und dafür nachher früher Schluß machen? Schon wollte er sich dazu aufschwingen, da fiel ihm ein, daß er ja um neun Uhr hier in Hermsdorf verabredet war, und zwar mit Pfarrer Erhard Heidenreich – Fall Roland Anterhaus. Da wär's natürlich Quatsch gewesen, erst in die Stadt zu fahren und dann wieder raus . . . Er stand auf, griff sich seinen geliebten Fontane aus dem Bücherschrank,

Wanderungen durch die Mark Brandenburg, ging zum Sessel zurück und schlief sofort ein.

Er wurde schlagartig wach, als Elke vorbeikam, um sich Kaffee zu kochen. Seit dem großen Knall letzthin sprachen sie nicht mehr miteinander. Seine Tochter blieb aufsässig: Wenn du wissen willst, wo ich gewesen bin, dann hol mich doch in die Keithstraße und verhör mich!

Einen Augenblick zögerte sie, als sie ihn im Sessel sitzen sah. Kam jetzt ein Friedensangebot? Nein. Sie kniff lediglich die Augen zusammen, um sich zu vergewissern, daß er wieder Fontane in der Hand hatte. Er sah auf, und sie hielt ein paar Sekunden lang seinen Blicken stand.

Du liest ja schon wieder Fontane.

Ja . . . (Geht sie gar nichts an, daß ich eingepennt bin.)

Du bist ja direkt süchtig danach.

Ja – warum nicht?

Bei uns hat neulich einer im Aufsatz geschrieben, daß der Typ nur im *Stechlin* 'n bißchen liberal is; vorher himmelt er doch die Hohenzollern an . . .

Wir können doch nicht unsere ganze Geschichte abkappen und . . . Wenn du zehnmal das Berliner Stadtschloß niederreißt – was gewesen ist, läßt sich doch nicht mehr rückgängig machen.

Ach, du bist doch schizophren. Auf der einen Seite machst du so auf links, auf der anderen träumst du davon, Königlicher Kammerdiener zu sein – der Herr von Mannhardt zu Mannhardt im Havelland.

Na und? Ein Mensch ist erst dann für mich ein Mensch, wenn er aus Widersprüchen besteht und sich diese Widersprüche bewußt macht.

Was bei dir als große Synthese rauskommt: da bin ich aber gespannt drauf.

Du denkst wohl, ich bin ein kompletter Idiot, weil ich Beamter bin, im gehobenen Dienst, und obendrein noch einer, der nichts studiert hat. Das denkt ihr doch alle. Wär ich Professor Dr. Mannhardt, dann wär das euer Evangelium, was ich sage. Sagt aber das gleiche der kleine, miese Kriminaloberkommissar Hans-Jürgen Mannhardt, dann ist das alles Quatsch.

Meine Damen und Herren, wir begrüßen Sie heute abend zu unserem preisgekrönten Fernsehspiel ‹Der rote Bulle von Berlin-Hermsdorf und seine tragische Widersprüchlichkeit› von Rainer Werner Fassbrechter.

Hör endlich auf damit, sonst . . .

Was – sonst?

Und so weiter, und so weiter . . .

Ja, so wäre es gelaufen, wenn sie miteinander gesprochen hätten. So lief es immer. Sie wußten das beide. Und als Mannhardt jetzt lächelte, schienen ihre Augen irgendwie zu glänzen. Doch sie verschwand in der Küche, ohne ein Wort zu sagen.

Mannhardt liebte sie. Platonisch-inzestuös. Das war die Geliebte, nach der er sich sehnte. Jung. Eigenwillig. Selbstbewußt . . . Lilo wurde immer mehr wie seine eigene Mutter, vom Körpervolumen her wie von der Art, wie sie ihn zu Hilfsarbeiten einsetzte – ein Alptraum, wenn er mit ihr schlafen sollte und dabei seine Mutter vor sich sah. Wenn er Elke betrachtete, hatte er keine Schuldgefühle: Sie war das Prinzip Jugend, nicht seine Tochter. Wie hatten sie ihn als Jungen klein und kriechend gehalten; wie durften Elke und ihre Freundinnen dagegen aufwachsen . . . Man mußte mit allen Mitteln darum kämpfen, dieser Jugend einen neuen Faschismus, jeden neuen Fanatismus zu ersparen.

Noch immer von seinen Gedanken bewegt und deshalb wortkarg, von Lilo und Michael – Elke war schon zur Schule gefahren – als Morgenmuffel beschimpft, nahm er sein Frühstück zu sich. Dann fuhr er zum Gemeindehaus, wo Pfarrer Heidenreich (– passender Name? –) ihn schon erwartete.

Erhard Heidenreich, noch jung an Jahren, so würde Fontane geschrieben haben, und hier auf seiner ersten Pfarre, sah genauso aus, wie sich Mannhardt Jesus Christus vorstellte: schmales Gesicht, Bart, unheimlich leidend im Ausdruck . . . Mannhardt fand das in Anbetracht von Heidenreichs Beruf praktisch. Obwohl er den Pfarrer seit Elkes Einsegnung nicht mehr gesehen hatte, wußte Mannhardt, daß Heidenreich hier äußerst beliebt war. Er erweckte stets den Eindruck, gern die Lasten anderer zu tragen. Kein Wunder, daß man ihn so selten lächeln sah. Das war auch schon vor dem tragischen Tod seiner Frau so gewesen; ein Autounfall, letztes Jahr. Nur einige ältere Betschwestern aus seiner Gemeinde sagten ihm nach, daß er sich jetzt hin und wieder einmal auf eine Art und Weise tröste, die sie gar nicht recht billigen könnten.

Mannhardt fand es merkwürdig, daß der Pfarrer, der ja im Umgang mit fremden Menschen geübt sein mußte, so unsicher, ja, fast verlegen wirkte – wie jemand, der etwas zu verbergen hat. Er brachte es nicht einmal fertig, Mannhardt voll ins Gesicht zu sehen . . . Komisch.

Nach den üblichen Begrüßungsfloskeln kam Mannhardt – sie hatten gerade in Heidenreichs Arbeitszimmer Platz genommen – schnell zum Thema: Sekten, religiöser Wahn, der mysteriöse Tod des jungen Roland Anterhaus.

«Ja, ich weiß . . .» Heidenreich nickte und zog an seiner Gauloise. «Ritueller Selbstmord. Nachvollzogene Kreuzigung. Schrecklich. Roland, ja . . . Wann ich ihn zuletzt gesehen habe? Zur Konfirmation natürlich. Und ob ich ihn jemals wiedergesehen hätte? Wahrscheinlich nur, wenn seine Braut auch hier in der Gemeinde beheimatet gewesen wäre – zur Hochzeit also. Die Jungen lieben den verwalteten Gott nicht. Es gibt zu viele irdische Götter, vor denen sie Angst haben müssen. Gebote bleiben Gebote – Zwänge! Daß sie auch Halt sein können, begreifen sie erst später, viel später – meistens zu spät.»

«War denn der Roland religiös veranlagt, wenn ich mal so sagen darf . . .?» Mannhardt fühlte sich unwohl. Vom Verstand her war er ganz Feuerbachs Meinung, daß nicht Gott die Menschen, sondern umgekehrt die Menschen Gott geschaffen hatten, aber tief in seiner Psyche waren zweifellos noch immer Angst und Glaube verborgen.

«Ob Roland religiös veranlagt war . . .?» Heidenreich kratzte sich am Oberammergauer Charakterkopf. «Ist mir nicht aufgefallen, nein. Aber was will das schon besagen?»

«Haben Sie zufällig von einer Sekte gehört, die . . .»

«Da hört man viel. Kennen Sie den französischen Postbeamten George Roux?»

«Nein. Woher?»

«Der erklärte Weihnachten 1947 seiner erstaunten Familie: Ich bin der wiedergekommene Christus . . . Und? Im Nu hatte er eine Anhängerschaft, die lawinenartig anwuchs . . . Da kommt immer mal wieder einer, der sagt: Ich habe die Macht über die Gnade Gottes. Das ist das ganze Geheimnis. Wer Macht über die Gnade hat, hat Macht über die Menschen . . . Die Sektengründer reißen ein Stück der Macht und Majestät Gottes an sich und verfahren dann sehr autoritär mit ihr. Nur in ihrer Sekte, so sagen sie, fließe der Strom des Heiligen Geistes, werde das Erlösungswerk vollzogen – wer außerhalb bleibt, stehe unter der Herrschaft des Satans. So einfach ist das!»

«Noch mal zu Roland Anterhaus . . .»

«Unser Weg ist mühsamer. Für uns ist die Gnade ein Werk des souveränen Gottes – und dieses Gnadenwerk ist jedem menschlichen Zugriff entzogen. Gnade ist ein freies Geschenk Gottes – man darf und kann sie nicht an bestimmte Bedingungen und Voraussetzungen binden.»

Nicht zu bremsen, der Mann. Mannhardt nickte, mehr aus Höflichkeit denn aus Übereinstimmung. «Könnte denn Roland Anschluß an eine Sekte gefunden haben?» Komm endlich zur Sache!

Heidenreich litt sichtlich unter Mannhardts Fragen. «Es soll da in Charlottenburg eine Wiederbelebung der Geißler gegeben haben. Ich habe aber auch nur eine kurze Bemerkung unserer Gemeindeschwester gehört, die . . .»

Aus Mannhardts Aktentasche kam ein heller Signalton. Der Pfarrer sah ihn an, als hätte er sich selber als Sektengründer ausgegeben und eine Botschaft aus dem Jenseits versprochen.

«Das ist nur mein Gerät, mein Empfänger», erklärte Mannhardt. «Damit ich überall erreichbar bin. Wenn's piept, muß ich schnell zum nächsten Telefon laufen und im Büro anrufen . . . Darf ich mal?»

«Ja, sicher.»

«Bei Anruf Mord», sagte Mannhardt und wählte die Nummer der Keithstraße – 78 10 71. Es gab kaum andere Gründe, ihn hier zu stören, als ein Kapitalverbrechen. Und richtig, Dr. Weber, den er – auch das noch! – an den Apparat bekam, rief ihn zur Bismarckstraße. Jerxheim

KG. Die Sekretärin hatte den Chef tot neben seinem Schreibtisch vorgefunden. Höchstwahrscheinlich erschlagen.

Genau zwölf Minuten später hielt er vor dem eternitgrauen Bürohaus der Jerxheim KG. Er quetschte sich durch die umherstehenden Wagen. Die meisten kannte er. Kollegen von der Spurensicherung, die Presse.

Obwohl er sich mürrisch gab, genoß er seinen Auftritt, als er dann den Flur entlang zum Chefzimmer ging und von überall her begrüßt wurde. Kultische Handlung. In der Mitte der Horde der Erschlagene. Großes Tamtam. Der Medizinmann naht. Der Ort entweiht. Ein Ruchloser hat sich am Häuptling vergriffen.

Da lag Jerxheim. Grausig-schön wie auf dem Umschlag eines Kriminalromans.

Leichen sollen dem Anblick des Publikums entzogen werden; wenn nur irgend möglich, dürfen sie nur zugedeckt, aber in ihrer Lage und in ihrem Zustand nicht verändert werden. – Meixner, Kriminaltaktik, Band I.

Jerxheim war zugedeckt mit einem grauen Leinentuch, nur sein zerschmetterter Schädel lag offen, verschmolz mit dem kleinen Muster des Perserteppichs, verlief in den Fäden . . . Dieser süßliche Sektgeruch! Mannhardt kam das Frühstück hoch.

Der zuständige Staatsanwalt, dem ja gemäß StPO die Gesamtleitung der Ermittlungen zufiel, störte nicht weiter, sondern beließ es bei einem markigen Händedruck. Die Kollegen von der Spurensicherung waren mit ebensoviel Eifer wie Routine bei der Sache: Bild des Tatortes, fotogrammetrische Aufnahmen, maßstabgerechte Skizzen, Spuren am Boden, Fingerspuren, Blutflecken. Überall Glassplitter – die Sektflasche . . . Ein furchtbarer Schlag offenbar, aber zersplittert war sie augenscheinlich erst auf dem Marmorbelag des Fensterbrettes. Der Täter mußte noch weiter zugeschlagen haben, als sein Opfer schon hintenüber gestürzt war . . . Wie machen wohl die KTU-Leute ihre Tests – wie stellen sie fest, ob Sektflaschen auch auf menschlichen Köpfen zerspringen?

Alle waren beschäftigt, taten etwas Sinnvolles. Nur Koch, Mannhardts *assistant manager*, stand in Playboypose am Fenster und flirtete mit einer brünetten Dame – schwarzer Rock, weiße Bluse –, der man drei Meilen gegen den Wind die Sekretärin ansah. Koch war wieder mal in seinem Element.

Verwunderlich nur, daß er der Schönen die Hand noch nicht zwischen die Schenkel geschoben hatte. Mannhardt malte sich das sehr genüßlich aus (sicherlich trug sie einen schwarzen, leicht durchbrochenen Slip) und schnauzte, seinen Neid nur schlecht verbergend: «Vielleicht bist du mal so nett und erzählst mir, was hier los ist!»

«Na hör mal . . .» Koch fühlte sich gestört. «Sie hat ihn schließlich gefunden, und gründlich, wie ich nun mal bin, da hab ich sie gleich . . .»

Gründlichkeit ist . . . der oberste Leitsatz bei der Tatortarbeit. Gründlichkeit verträgt sich aber nicht mit Eile. Wer es am Tatort eilig hat, ist fehl am Platze. Nur wer am Tatort die notwendige Ruhe aufbringt, auch durch den grausigsten Anblick nicht mehr zu erschüttern ist und wer zu beobachten versteht, wird am Tatort Erfolge aufzuweisen haben. – Meixner, Kriminaltaktik, Band I.

Mannhardt ließ sich die Sekretärin vorstellen: Marietta Ronnets; sie hatte Jerxheim kurz vor halb neun tot aufgefunden.

«Die Reinmachefrauen – das sind zwei Jugoslawinnen –, die sind zwar schon um sechs hier, haben aber beim Chef nicht saubergemacht, weil das Zimmer abgeschlossen war», sagte Marietta, noch immer bleich, noch immer geschockt.

«Wie denn?» Mannhardt wunderte sich. «Die hatten keine Schlüssel?»

«Doch», antwortete Koch, «aber das Zimmer war von innen verriegelt.»

Mannhardt hatte das Gefühl, daß im Augenblick mehr von ihm verlangt wurde, als er seinem Dienstherrn zu geben verpflichtet war – jedenfalls für A 10. Ein neues Rätsel in der Rubrik *Locked-room-mystery*?

Koch genoß es, daß sein Freund und Meister nicht richtig an den Ball gekommen war. «Es gibt zwei Türen: Die eine führt ins Vorzimmer, und die war verriegelt – von innen, wie gesagt. Die andere geht direkt auf den Flur hinaus – und die war abgeschlossen . . .»

«. . . zu der haben die Reinmachefrauen keinen Schlüssel», ergänzte Marietta.

Damit war klar, was der Täter bezweckt hatte: das Auffinden des Toten hinauszuzögern. Wahrscheinlich, aber sicher war das auch nicht, hatte er über eine gewisse Ortskenntnis verfügt.

Inzwischen war ihre leichenfeste Schreibkraft aufgetaucht, bärbeißig und schweigsam, und hielt fest, was Mannhardt und Koch nach und nach herausfanden. Mannhardt, der kein sonderlich gutes Gedächtnis hatte, war froh darüber.

Von der Ronnets allerdings war wenig zu notieren. Sie war von ihrem Chef gestern gegen 16.30 Uhr nach Hause entlassen worden, um dort weiterzufeiern, und sie konnte sich nicht vorstellen, daß irgend jemand ein Motiv für diese Tat gehabt haben sollte: «Herr Jerxheim war doch 'ne Seele von Mensch. Und das Geld ist ja auch noch da!»

Das Geld – richtig! In Jerxheims Aktenkoffer lagen sage und schreibe 51420 Mark – vom Täter unmöglich zu übersehen und dennoch unangetastet.

Die Beobachtung am Tatort verlangt ein Suchen bis in die Einzelheiten hinein nach all dem, was zur Lösung des verbrecherischen Rätsels beitragen könnte. – Meixner, Kriminaltaktik, Band I.

Wenn's kein Raubmord war, was dann? Wenn's doch einer war, wodurch war der Täter gestört worden?

Rund zwei Dutzend Angestellte waren hier in der Zentrale der Jerxheim KG beschäftigt, und Koch hatte sie noch vor Mannhardts Eintreffen gebeten, sich wieder an ihre Arbeitsplätze zu begeben und sich dort für ein kurzes Gespräch bereitzuhalten.

«Klappern wir mal die einzelnen Büros ab», sagte Mannhardt und nahm Koch und die leichenfeste Schreibkraft ins Schlepptau.

Da hockten sie alle in ihren Käfigen, die braven *white-collar-workers*. Grüngetünchte Wände, farbpsychologisch richtig. Wie die Hühner in ihren modernen Legebatterien. Tag für Tag, immer zur selben Zeit. Der Boss brachte ihnen in regelmäßigen Abständen Futter und Wasser – und dafür legten sie ihm dann fleißig die schönsten Eier ins Nest. Im Falle eines Schmuckgroßhandels wahrscheinlich goldene Eier.

Mannhardt fand, daß er besser dran war. *Der Kriminalist genießt in seinem Beruf trotz großer Beanspruchung eine erhebliche Freiheit, wie sie der Außendienst mit sich bringt.* – Meixner, Kriminaltaktik, Band I . . . Sicherlich auch nichts weiter als 'n Huhn, das sich andere seiner Nützlichkeit wegen hielten, aber wenigstens noch auf 'ner Art Hühnerhof.

Erstaunlich war, wie wenig die meisten Angestellten von ihrem gewesenen Chef wußten; weniger jedenfalls als über Peter Alexander und Franz Beckenbauer.

Der machte gerne einen drauf.

Mächtig reich.

Schnelle Autos.

In Frohnau oben 'ne tolle Villa.

Immer korrekt gekleidet.

Morgenmuffel.

Meistens ist er erst mittags in die Firma gekommen, dann aber bis in die Nacht rein gearbeitet.

Hobbies? Reisen vielleicht. Letztes Jahr war er in Südafrika, in den Diamantenminen.

Der? Der ist doch mit allen hier gut ausgekommen, kann ich mir nicht vorstellen . . .

Mannhardt lernte einen Haufen Menschen kennen und hatte schon fünf Minuten später wieder vergessen, wie sie aussahen. Keine Speicherkapazität mehr . . . Bei Licht besehen, schienen nur drei Aussagen von einiger Relevanz zu sein.

Da war einmal dieser asiatisch-freundliche Herr Schwarz, der Vertriebsleiter. Der war kurz vor 18.00 Uhr nach einem Kundenbesuch in der Tauentzienstraße in die Firma zurückgekommen, um noch einiges aufzuarbeiten.

«So spät noch?» fragte Koch.

«Wenn der Chef *im* Hause war, sind wir meistens nicht vor der Tagesschau *nach* Hause gekommen . . . Schicksal!»

«Haben Sie auf dem Weg ins Büro jemand getroffen – vielleicht auf der Straße, im Eingang, im Fahrstuhl?» Warum schimpft Lilo eigentlich, daß sie als Hausfrau immer das gleiche machen muß? Mach ich nicht auch immer das gleiche?

«Nein; als ich zurückgekommen bin, nicht. Aber gegen – warten Sie – gegen 19.00 Uhr . . . Ja, eine knappe Stunde später, da bin ich noch mal zum Wagen runtergefahren, mit dem Lift, die Preislisten raufholen . . .»

«Und wem sind Sie da begegnet?» drängte Koch, der ungeduldig wurde.

Herr Schwarz rieb sich die Stirn, zögerte sichtlich. «Diese Frage hab ich schon erwartet . . .»

«Befürchtet?»

Schwarz hielt Mannhardts Blicken stand. «Ja.»

«Und warum?»

«Weil jeder, den ich Ihnen jetzt nenne, automatisch als Tatverdächtiger gilt», sagte Schwarz.

«Nicht, wenn er hier zur Geschäftsleitung gehört», sagte Mannhardt. «Sie haben doch eben selber gesagt, daß Jerxheim seine Leitenden bis in die Nacht hinein hierbehalten hat?»

Herr Schwarz schwieg.

Mannhardt rieb sich das Kinn. «Also keiner von den Top-Leuten . . . Und wenn es nun ein einfacher Angestellter gewesen wäre, dann brauchten Sie jetzt auch keine Bedenken zu haben, denn da kann immer mal einer Überstunden machen, da ist nichts Außergewöhnliches dran, wenn man mal bis sieben Uhr abends im Büro bleibt. Wenn Ihnen – die dritte Möglichkeit – nun eine gänzlich fremde Person über den Weg gelaufen wäre, brauchten Sie auch nicht zu zögern: Was geht Sie deren Schicksal an! Bleibt also nur die vierte Möglichkeit . . .»

Mannhardt machte eine kleine Pause und genoß es, wie ihn Koch erwartungsvoll ansah.

«Sie müssen also jemand begegnet sein, den Sie kennen, der aber nicht zur Firma gehört.»

«Es bleibt mir wohl nichts anderes übrig . . .» Schwarz hatte sich einen seiner Pickel aufgekratzt und tupfte mit einem zusammengefalteten Tempotaschentuch das Blut vom Kinn. «Jerxheim ist schließlich ermordet worden . . .» Endlich war es heraus: Schwarz hatte einen jungen Burschen gesehen, der, offensichtlich arbeitslos und ohne Lehrstelle, seit kurzem Botengänge für Jerxheim erledigte und («. . . hier ist die Kopie der letzten Quittung!») auch ordnungsgemäß durch die Bücher ging. «Ich bin gerade wieder aus dem Wagen gestiegen, auf dem Hof hinten, da kam er die Treppe runter. Sonst wär er mir gar nicht aufgefallen. Jeder fährt mit dem Fahrstuhl runter – fünf oder sechs Etagen! Da läuft doch keiner, heutzutage doch nicht . . .»

Mannhardt nickte und rief, nachdem er einige weitere Informationen eingeholt hatte, gleich bei sich im Büro an. Olscha war am Apparat.

«Wir interessieren uns für einen Uwe Kurz, Schöneberg, Akazienstraße 23, geboren 24. 2. 1958. Liegt was vor gegen ihn? – Und dann: Fragen Sie ihn so schnell wie möglich, wo er gestern abend zwischen 18.00 und 19.00 Uhr gewesen ist. Wenn er nicht gerade mit dem Bundeskanzler beim Segeln war: erst mal festhalten. Rufen Sie mich gleich an; ich werd noch 'n Weilchen hier sein . . . Tschüs dann!»

Nach ihrer Unterredung mit Herrn Schwarz stießen sie auf eine Reihe recht unergiebiger Bediensteter der Jerxheim KG, bis sie bei Gerhard Bengler wieder ein Stückchen weiterkamen.

Wie ein Oberbuchhalter sah der weiß Gott nicht aus, fand Mannhardt, so Kissenpuper und Korinthenkacker . . . Eher wie ein asketischer Langstreckenläufer. Sonderbare Mischung. Faszinierend beinahe. Warum der hier in diesem muffigen Loch versauerte?

«Wir sind alle furchtbar durcheinander», sagte Bengler, während er mit nervösen Fingern Zahl auf Zahl in seinen Tischrechner tippte. Erst, wie sie gerade kamen, wahllos, dann derart geschickt, daß sich aus den Zahlen, wenn man von oben auf den Rechner sah, Buchstaben und Worte ergaben. 7–3–5–3, in dieser Reihenfolge eingetippt, gleich ESEL. 3–7–3–3–5 gleich SEELE.

Unten trugen sie gerade den Zinksarg zum Wagen; Jerxheim kam zur Leichenöffnung.

«Ja», sagte Bengler, als sie genau im richtigen Augenblick an die Balkontür traten, «war schon ein feiner Kerl, schade . . . Vorsicht, meine Herren, das Geländer hier ist mehr oder weniger zur Zierde da – nicht gegenlehnen!»

Mannhardt, der Angst vor jeder Höhe über einsfünfzig hatte, zog sich ins Büro zurück. Koch rüttelte an dem Geländer und empfahl Bengler, mal die Hausverwaltung anzurufen. Dann, als sie wieder Platz genommen hatten, kam Bengler, ohne daß sie ihn dazu auffordern mußten, sehr schnell zur Sache.

«Ich war der letzte, der mit Herrn Jerxheim gesprochen hat . . . Nehme ich jedenfalls an.»

Mannhardt sah auf. «Wie denn – hat er gesagt, auf Wiedersehen, Sie sind der letzte, mit dem ich spreche, mein lieber Bengler . . .?»

Bengler grinste. «Nein, nein; aber ich habe kurz vor halb sieben bei ihm angerufen – und bisher habe ich noch von keinem gehört, der später mit ihm . . . Ich wollte nach Hause und hab bloß schnell gefragt, ob noch was anliegt.»

«Es war aber nichts?»

«Nein. Er hat nur gesagt, daß er mich nicht mehr braucht.»

«Und? Ist Ihnen was aufgefallen? War er irgendwie anders als sonst –

die Stimme, Bemerkungen . . .?»

«Nein . . .» Bengler überlegte einen Augenblick. «Nein. Nicht daß ich wüßte.»

Mannhardts Sympathien für Bengler wuchsen. Dieser Mann war . . . anders. Irgendwie anders . . . Hinter dieser zur Schau getragenen Ausgewogenheit verbarg sich etwas – Leben, Eruption, Aufbruch . . . Mannhardt suchte seit Jahren Freunde, die ihn herausrissen aus seinem spießbürgerlichen Trott . . . Er zuckte zusammen. Koch hatte ihn vors Schienbein getreten.

Koch setzte auch, um die Gesprächspause nicht allzupeinlich werden zu lassen, die Befragung fort: «Sie sind also kurz vor halb sieben nach Hause gegangen?»

«Ja.»

«Und Ihnen ist da niemand begegnet, der Ihnen vielleicht aufgefallen wäre – im Fahrstuhl, im Flur, auf der Straße?»

«Nein.»

«Kennen Sie einen gewissen Kurz – Uwe Kurz?»

«Den neuen Boten hier bei uns? Klar.»

Jetzt war auch Mannhardt wieder funktionsfähig. «Was is'n das für'n Knabe?»

Bengler zuckte die Achseln. «Achtzehn vielleicht; abgebrochene Lehre. Schlägt sich so durch. Aber ganz intelligent.»

«Und der hat hier öfter bei Ihnen ausgeholfen?»

«Öfter wohl nicht, seit kurzem erst – als Bote und als Kraftfahrer. Später sollte er auch mal im Büro aushelfen – bei der Inventur und wenn Massendrucksachen rausgehen.»

«Da hat er doch wohl nie was mit dem Chef zu tun gehabt, oder?»

Bengler zögerte. Er ließ das Schloß seines Schreibtisches mit dem linken Daumen vor- und zurückschnellen. «Ich möchte nur ungern drüber sprechen . . .»

Bei Mannhardt wie bei Koch begann sofort der körpereigene Computer zu rattern: Reicher Geschäftsmann – arbeitsloser, aber attraktiver Junge – homosexuelle Beziehungen – Erpressung – *So, jetzt ist aber Schluß damit, ich zahle nicht mehr, ich gehe zur Polizei* . . . Und der tödliche Schlag.

Sie fragten ihn danach, und er bestätigte sie in ihrer Annahme.

Beide waren unheimlich erleichtert. Nun hatten sie sowohl einen Tatverdächtigen als auch ein Motiv. Jetzt gab es ein konkretes Ziel, und wenn es ein Ziel gab, dann hatte alles wieder seinen Sinn. Ihr Tun und Lassen war wieder berechenbar geworden.

Sie verabschiedeten sich von Gerhard Bengler, und Mannhardt war urplötzlich in der Stimmung, in der man sagt: ‹Woll'n wir nicht mal zusammen essen gehen, dieser Tage? Oder auf ein Bier?›

Er sagte es nicht. Er erschrak – nicht weil er dahinter verdeckte homoerotische Neigungen witterte, nein – er hatte den Verdacht, daß dieser Bengler zu den Menschen gehörte, die, wenn sie wollten, ohne weiteres Gewalt über ihn gewinnen konnten, denen er ausgeliefert war.

So richtig kam er erst wieder ins Lot, als sie bei Dr. Hülfenhaus im Zimmer saßen. Dieser aalglatt-arrogante Jungunternehmer war ja nun das letzte Brechmittel: Nordischer Herrenmensch empfängt sozial niedriggestellten Untermenschen von der Kripo . . . Am liebsten hätte er diesem widerlichen Dressman ein paar in die Fresse . . .

Es ist in erster Linie die Wohlanständigkeit, die der Kriminalist immer und bei allen Gelegenheiten an den Tag legen soll und die ihm zur zweiten Natur werden muß. – Meixner, Kriminaltaktik, Band I.

Und Hülfenhaus lieferte auch nicht den geringsten Vorwand, der anderes Verhalten herausgefordert hätte. Er schilderte sein Verhältnis zu Jerxheim als ein überaus freundliches und bestätigte im übrigen das Bild, das sie sich bereits an Hand der vorhergegangenen Aussagen gemacht hatten: eine Art Renaissance-Mensch, ebenso tüchtig-dynamisch wie genußsüchtig. Auch von Jerxheims homophilen Neigungen hatte Hülfenhaus Kenntnis erhalten, und er konnte sich durchaus vorstellen, daß dieser Uwe Kurz sehr schnell zum Favoriten avanciert war.

«Bis wann waren Sie denn gestern abend im Haus?» fragte Mannhardt. «Und wo waren Sie?»

«Wie soll ich das verstehen?»

«Na, ich bitte Sie! Das ist doch eine einigermaßen einfache Frage – ich meine, für einen Vollakademiker», sagte Mannhardt, obgleich er merkte, daß er unsachlich wurde.

«Na, hier im Büro.»

«Allein?» – Nimm dich doch zusammen.

«Ich verbitte mir diesen Ton!»

«Entschuldigung!» Mannhardt lächelte lieb wie auf seinem Hochzeitsfoto. «Ich will Ihnen doch nur helfen, Herr Dr. Hülfenhaus. Sehen Sie – es ist leider so, daß man Sie ungefähr zur Tatzeit in unmittelbarer Nähe des Chefzimmers gesehen haben will . . .»

Plumper und risikoreicher ging's kaum noch; *der Kriminalbeamte darf sich zur Erreichung eines Erfolges niemals gedanklicher, unanständiger oder unerlaubter Mittel oder Kunstgriffe bedienen. – Rundschreiben vom 1. 2. 1972.* Doch Mannhardt hatte Glück: Hülfenhaus zeigte Wirkung.

«Aber ich habe doch nur . . . Ich wollte die Reise nach Amsterdam mit ihm durchsprechen. Aber als ich nach unten kam, waren alle Türen verschlossen.»

«Wann war das?»

«Punkt sieben. Da waren wir nämlich verabredet.»

«Und Sie haben sich nichts dabei gedacht?»

«Nein; so was kam öfter mal vor.»

«Haben Sie's denn später noch mal versucht?»

«Ja, um halb neun ... Ich hab von oben angerufen, aber da hat sich niemand gemeldet.»

«Was ja nicht weiter verwunderlich war ...»

Aalglatt, konstatierte Mannhardt; da kommt doch nichts bei raus ... Da kommt doch nichts bei raus, dachte Koch. Sie waren im wesentlichen einer Meinung; sie wußten es nur nicht. Sie verabschiedeten sich.

Auf dem Wege zur Keithstraße zogen sie dann eine erste Bilanz.

16.30: Die Ronnets geht nach Hause.

18.25: Bengler telefoniert mit Jerxheim.

19.00: Dr. Hülfenhaus findet das Chefzimmer verschlossen vor.

18.50: Herr Schwarz begegnet Uwe Kurz; Kurz ist der einzige Tatverdächtige.

18.30 – 18.45: Zeitraum, in dem die Tat erfolgt sein muß.

Die Jagd begann.

Erstes Ergebnis und erste Enttäuschung: Uwe Kurz fand sich zwar in ihrer Kartei – vorsätzliche leichte Körperverletzung und räuberische Erpressung –, aber in Jerxheims Zimmer fanden sich keine Fingerabdrükke von ihm. Was allerdings nicht viel besagte: Er konnte Handschuhe getragen haben.

Zweites Ergebnis und zweite Enttäuschung: Uwe Kurz war weder zu Hause anzutreffen, noch wußte jemand, wo er steckte. In seinem Zimmer hatte Olscha nichts Verdächtiges gefunden, auch Geld nicht.

«Kein Wunder», sagte Koch, «das hat er doch bei Jerxheim liegenlassen.»

Warum wohl?

Panik vielleicht?

Dann meldete sich Olscha vom Flughafen Tegel. Der Beamte, der dort die Personalpapiere kontrolliere, sei ziemlich sicher, daß Kurz heute früh um 9 Uhr 20 mit PanAm nach Frankfurt geflogen sei. Zwar stehe der Name Kurz nicht auf der Passagierliste, und das Foto, das er dem Beamten gezeigt habe, sei ein wenig veraltet, aber trotzdem ...

«Geld für 'ne Flugkarte hat er jedenfalls gehabt», meinte Koch.

«Ja, das sieht schon verdammt nach Flucht aus», sagte Mannhardt.

Eine Ansicht, die dann zu seiner großen Überraschung auch Dr. Weber teilte.

«Die Fahndung läuft, den Haftbefehl haben wir.»

Mannhardt hatte Bericht erstattet. Dr. Weber hatte das Notwendige gesagt. Lust zu kollegialer Konversation verspürten sie beide nicht; ihre Beziehungen waren stark unterkühlt. Der eine war immer mehr nach links abgedriftet, der andere immer mehr nach rechts.

«Sie halten mich auf dem laufenden, ja?»

Mannhardt war verabschiedet.

«Ja, natürlich.»

Beim Hinausgehen sah er auf Dr. Webers Pinnwand einen Zeitungsausschnitt mit der Überschrift: BERLIN, *keine Stadt des Terrors und der Kriminalität, sondern ein Hort der Sicherheit und Ordnung.*

Das sind doch Idioten, dachte er: Kriminalität dadurch ausrotten, daß man die Leute jagt, fängt und einsperrt. Womöglich noch Rübe ab ... Lange aufgestaute Gedanken wurden plötzlich frei, die mit dem eisigen, aber harmlosen Gespräch mit Weber nichts zu tun hatten: Und das zur selben Zeit, da man den Nährboden für Kriminalität noch kräftig düngt: keine Lehrstellen, Jugendarbeitslosigkeit, Familienväter, die trotz Akkord nicht genügend Geld mit nach Hause bringen, Schichtarbeit, gehetzte Mütter, lieblose Heime, autoritäre Erzieher, Gefängnisse, in denen man nichts anderes lernt, als ein noch besserer Ganove zu werden; Hochhäuser, in denen sich keiner um den anderen kümmert, monotone Arbeit, die keinen glücklich macht ... Aber das muß wohl alles so sein, denn gewisse Leute brauchen die Kriminellen, um den Bürgern Angst einzujagen und sich so bei der nächsten Wahl mit dem Versprechen, Sicherheit und Ordnung herbeizuführen, ihre Stimmen zu sichern ... So ist das Leben.

Ist das Leben so? Ist es *nur* so? Kann man das auch anders sehen, hier und dort? Denke ich, oder reproduziere ich Klischees? Ich diene dem Staat, der die Gesellschaft zuläßt und fördert, die ich hier kritisiere – also hab ich mich korrumpieren lassen. Aber von wem? Doch nicht von den Dr. Webers ... Und wie würde ich das alles sehen, wenn ich ein Jerxheim wäre, schwul oder nicht schwul, mit Bankkonto, Villa und Wertpapierdepot? Wie objektiv sind soziale Wunschträume, wenn sie aus Frustration entstehen? – Mal den -ky darauf ansprechen, das nächste Mal ... Nee, lieber nicht. Gescheiter Bursche, der -ky. Aber dann legt er doch wieder los mit seiner intellektuellen Hochseilakrobatik ...

Mannhardt saß an seinem Schreibtisch und machte ein Gesicht, das Koch jede Lust auf ein Gespräch nahm. Da kam Olscha herein.

«Keine Spur von Kurz!» berichtete er.

Koch hatte keine Lust, für den Rest des Tages im Büro zu hocken. «Wir wollten noch mal mit seiner Mutter sprechen.»

Als sie in Schöneberg, Akazienstraße, den Supermarkt betreten hatten, in dem Frau Kurz arbeitete, bedurfte es nur ein paar geflüsterter Worte, und sie schloß ihre Kasse, um mit ihnen quer über die Straße zu gehen, wo sie im Quergebäude, drei Treppen, eine Zweizimmerwohnung hatte. Einrichtung nach Quelle-Katalog 1965. So sauber alles, daß man vom Boden essen konnte.

Sie redete von selbst, brauchte keinen Anstoß. Sie kümmerte sich um keinen hier: guten Tag und guten Weg! Sie war geschieden; sie hatte auch so genug zum Leben. Der Uwe schafft es schon. Ausgeschlossen, daß er Jerxheim ... Aber das blieb in der Luft hängen – denn, so stellte sich bald heraus, von ihrem Sohn wußte sie genau genommen nichts.

Ziemlich enttäuscht trotteten sie wieder vondannen. Nun ja, die Fahndung lief. Irgendwann, irgendwo wird Uwe Kurz im Netz hängenbleiben. Man mußte nur abwarten können.

Koch, der noch Überstunden abzubummeln hatte, verdrückte sich, während Mannhardt erst wieder ins Büro zurückmußte, weil er dort die Blumensamen vergessen hatte, auf die Lilo schon seit Tagen wartete. Nicht noch mal das Theater! Kannst du mir nicht mal aus der Stadt ... (da gab es Hunderte von Dingen einzusetzen) ... mitbringen? Als ob sie auf'm Dorfe wohnte!

Egal, er holte die Tütchen aus dem Schreibtisch, stopfte sie in seine Aktentasche und wollte los, nach Hause, endlich mal früher als sonst. Dr. Weber würde kaum noch ...

Es klopfte.

Dr. Weber pflegte nicht anzuklopfen ... «Herein!»

In der Tür stand Gerhard Bengler und sagte mit fester, fast triumphierender Stimme: «Ich habe Jerxheim getötet. Ich mußte es tun.»

Mannhardt schluckte. «Na, nu komm'se erst mal rein ...»

Bengler kam rein, setzte sich. Auch Mannhardt sank wieder auf seinen Schreibtischsessel. Und dann brach der Damm; Mannhardt brauchte nur zu schweigen. Bengler redete.

Die Gemeinschaft der Bußfertigen. Sein Lebenswerk. Jerxheims Geld. Jerxheims Exzesse. Die Gefahr des Verbots. – *Ich mußte ihn töten,* denn einmal ... Und zum zweiten ... Und schließlich ... *Der Herr kennt den Weg der Gerechten; aber der Gottlosen Weg vergeht.*

Bengler war zu Ende. Er verstummte und sah Mannhardt an.

Mannhardt hatte die Augen geschlossen. Der Kerl kann einen besoffenreden. Aber sympathisch, irgendwie ... *Hat er Elke auch besoffengeredet womöglich?*

Dann war sehr schnell eine Schreibkraft da, um Benglers Geständnis zu protokollieren.

6

Rattenfänger und Dämonen.

Für Mannhardt eine unruhige Nacht. Erst hatte er nicht einschlafen können, dann quälten ihn huschende *action*-Träume. Ein langer Geißlerzug wälzte sich durch die Straßen der Stadt – Kudamm, Gedächtniskirche ... Tausende von Männern und Frauen, auch Jugendliche und Kinder. Alle in weißen Kutten, über die sie blaue oder purpurfarbene Mäntel geworfen hatten. In der rechten Hand trugen sie einen Pilgerstab, in der linken Peitschen aus Stacheldraht. An jeder Straßenkreuzung warfen sie sich nieder und geißelten sich, bis ihre Mäntel in Fetzen hingen und ihre

Rücken eine breiig-blutige Masse waren. Dann stimmte der Vorsänger ein neues Lied an, und dieser Vorsänger, das war er selber, Mannhardt. Er fiel auf die Knie und blickte zum Neubau der Gedächtniskirche hinauf, wo ein hochgewachsener Mann das Kreuz erklommen hatte und die Menge segnete: Gerhard Bengler . . . Mannhardt schrie ekstatisch auf.

«Is was?» fragte Lilo und stemmte sich im Bett hoch.

«Nein, nein . . .»

Er stand auf, zog sich den Bademantel über und setzte sich im Wohnzimmer in den bequemsten der lederbezogenen Sessel. Es war noch vor fünf, aber er fürchtete sich davor, wieder ins Bett zu gehen, womöglich einzuschlafen und weiterzuträumen. Er fühlte sich zerschlagen, ausgelaugt, leer . . . *Und daran ist nur dieser gottverdammte Bengler schuld!*

Und irgendwo find ich den Kerl auch noch sympathisch . . .

Er sah Elkes Aktentasche – ihre Schulmappe, dachte er und sah sie vor sich, wie sie, sieben Jahre alt, den Ranzen auf dem Rücken trug . . . Die Versuchung war groß. Und er gab ihr nach. Warum ließ sie das Ding auch in der Diele stehen? Außerdem geschah es in ihrem ureigensten Interesse.

Doch er fand nichts Inkriminierendes – nur langweiligen Schulkram: Bücher, Blöcke, Ringordner, Stundenpläne; Formeln und Gleichungen, Stufenpyramiden und griechische Götter . . . Die Zeit drehte sich um fünfundzwanzig Jahre zurück, und Mannhardt war sofort flau im Magen; er war natürlich unvorbereitet . . . *Mannhardt, Sie haben nun schon die vierte Fünf im Mündlichen, und ich frage mich langsam . . .*

In Geschichte oder Politischer Weltkunde – Mannhardt hatte den Unterschied noch immer nicht kapiert – schien Elke am besten zu sein. Offensichtlich sollte sie an diesem Vormittag ein Referat halten – *Die Diktaturen in der Aufstiegsperiode des industriellen Kapitalismus.* Mannhardt staunte. Der Lehrer hatte Mut. Im Schlußkapitel hatte Elke – tüchtig, tüchtig – die Linie weitergezogen zur Diktatur des Nationalsozialismus. Sie hatte offenbar eine Menge gelesen; aus der Stadtbücherei hatte sie sich Helmut Heibers *Joseph Goebbels* ausgeliehen. Mannhardt begann zu blättern. *. . . verfügte über einen sonoren, magnetisierenden Bariton; er hatte schlanke, ausdrucksvolle Hände, mit denen er damals wie später gern posierte, und vor allem seine dunklen Augen, die sein ganzes Gesicht beherrschten, strahlten in einer eigenartigen Anziehungskraft . . . Aber – so schilderte ihn jemand, der ihn damals gekannt hat –, ‹er sah ein bißchen aus wie Savonarola . . .›*

Und Benglers Aussage von gestern abend: *Schon von Kindheit an hat mich Savonarola fasziniert; ein Onkel von mir hatte eine illustrierte Weltgeschichte mit einem Bild von ihm drin . . .*

Mannhardt warf das Buch in Elkes Tasche zurück. Die Welt, so wie sie war, war nichts weiter als eine riesige Retorte, in der solche Typen entstanden.

Scheißspiel.

Mannhardt trank einen Cognac und versank in ergebnisloses Grübeln.

Dann hörte er irgendwann Geräusche aus der Küche. Elke vermutlich. Er stand auf und ging hinüber.

Da stand sie an der Kaffeemaschine, biegsam und schlank; maisgelbes T-Shirt, blaue Jeans, Zottelfrisur . . . Warum muß ausgerechnet ich ihr Vater sein? Ein gestandener Mann von Mitte vierzig, langweilig dazu . . . Warum bin ich nicht der nette junge Mann von nebenan, der so unheimlich aufregend Gitarre spielen kann?

«Nett, dich mal wieder zu sehen», sagte er und verkniff sich, ihr einen Klaps auf den Po zu geben.

Sie brummte was Unverständliches.

«Ich soll dich schön grüßen . . .»

Sie sah ihn immerhin fragend an.

«. . . von Gerhard Bengler.»

«Kenn ich nicht!» Sie drehte sich wieder weg.

Selbstbeherrschung – oder verstellte sie sich? Ach, Elke . . .

Sie hatte alles, was sie brauchte, und trotzdem wollte sie weg von zu Hause, weg in eine jahrmarktsbunte Welt, wo dauernd *was los war*, ohne daß sie genau wußte, was eigentlich. Flucht um der Flucht willen . . . Eine Flucht an der Seite eines faszinierenden Mannes? Für eine gewisse Zeit nur?

Er wußte, daß es das dümmste war, aber er konnte nicht anders: «Ich frage dich jetzt zum letztenmal: Wo warst du an den fraglichen Abenden?» Es klang so, als wären sie jung verheiratet; er merkte es selber.

Sie schmiß die volle Filtertüte auf die Erde und lief heulend in ihr Zimmer hinauf. Lilo stand plötzlich in der Tür, stumm wehklagend wie die Suppenkaspar-Mutter aus den Struwwelpeter.

Mannhardt flüchtete ins Büro. Unterwegs kaufte er sich ein paar Waffelkekse, weil er noch nicht gefrühstückt hatte – ein Kiosk hatte schon auf. Gott sei Dank . . . Es war noch zu früh, ins Büro zu gehen, merkte er. Er fuhr ziellos durch die Straßen.

Im Büro betätigte er sich dann eine Weile als Morgenmuffel, was niemand besonders auffiel. In der Zeitung stand bloß Mist; die Hertha hatte wieder verloren, wenn der Elfmeter auch mehr als fragwürdig . . . Verdammt noch mal – warum interessiert sich die Elke nicht für Fußballer? Das wäre doch was vergleichsweise Solides . . . Scheiß Bengler.

Telefon. Jerxheim junior.

Seine Mutter und er seien soeben nach Berlin zurückgekommen; die Beamten könnten sich jetzt das Haus ansehen . . . Koch und Mannhardt machten sich auf den Weg.

Durch den Tiergarten; später die Müllerstraße hinunter in Richtung Frohnau. Berlin in fahler Frühlingssonne. Häßlich, aber für Mannhardt ohne Alternative. Wer kann sich seine Mutter schon aussuchen?

«Ging ja schnell mit Bengler», sagte Koch. «Haste dich mächtig gefreut, was?»

«Nee, gar nich mal. Wenn dir das so in'n Schoß fällt ...»

«Das is vielleicht 'n Spinner, du!»

«Der is gefährlicher als 'ne Atombombe.»

«Die paar Figuren, die sich da geißeln?»

«Das mit Rauschgift und Politik gemischt ...»

«Doch nich bei uns!»

«Der Nährboden», sagte Mannhardt düster. «Auf den Nährboden kommt es doch an.»

Magenschmerzen. Mannhardt stöhnte leise und rieb sich die Kuhle zwischen den Rippen. Waren das die kiosktrockenen Waffelkekse von vorhin oder seine widerstreitenden Gefühle? Dachte er an Elke und den toten Roland Anterhaus, war er froh, daß die Bombe Bengler nicht mehr tickte – für ein Jahrzehnt entschärft. Und wenn er an sich selber dachte? Unheimlich, beängstigend ... Dieser Mann ließ einem keine Chance zur Gegenwehr.

Da gibt es also in jedem von uns einen solchen Mechanismus, dachte Mannhardt, und es brauchte nur jemand zu kommen, der auf den richtigen Knopf drückt: *Boiing* – aus ist es mit unserer ganzen Rationalität, und wir sind wieder im finstersten Mittelalter. Oder im Sportpalast ...

Das war die Erkenntnis, die ihn zutiefst erschreckte: Wenn *er* schon so anfällig gegenüber einem Rattenfänger wie Bengler war ... Und zugleich – paradoxerweise ... Oder war das gar nicht so paradox? – zugleich *litt* er mit Bengler, trauerte um dessen gescheiterte Pläne. Nicht um der Pläne, aber um Benglers willen ... Zwar hatte er weder Kraft noch Mut, sich diese Wahrheit einzugestehen, aber sie mußte dennoch verarbeitet werden. Daher die Magenschmerzen. Auch ihn machte es krank, als kleiner Arbeitnehmer unbeachtet dahinzuleben, auch er lebte – genau wie Bengler, vermutlich – in stetem Glauben, daß noch ganz was anderes in ihm steckte. Mehr. Großes. Höheres. Auch er suchte Trost im Traum, im Traum von seiner Allmacht ...

Andererseits aber neidete er Bengler dessen Mut zum Handeln. Bengler, der hatte alles gewagt – während er, der kleine, verspießerte Oberkommissar Hans-Jürgen Mannhardt, nur immer vom Aus- und Aufbruch träumte ...

«Paß doch auf!» schrie Koch, als er in der Ollenhauerstraße noch beim allerletzten Gelb über eine Kreuzung raste, haarscharf am Kotflügel eines roten Scirocco vorbei.

«Haste nich gesehn? Da hat doch so 'ne Art Top-Modell am Steuer gesessen», sagte Mannhardt; «mollig, rassig, dominant – das Richtige für einen kleinen Koch-Kursus.»

«Ja, die hätt ich schon gern mal zur Heldenbrust genommen ...»

Solche und ähnliche Gelüste vergingen ihnen indes, als sie Jerxheims

Witwe in der hallenähnlichen Diele ihrer Frohnauer Villa gegenüberstanden. Schwarzes Trauergewand, Marke ‹mondäne Nonne›. Holzschnittscharfes Gesicht, make-up-getönt.

«Wir sind noch in der Nacht aus Bad Meinberg zurückgekommen», sagte sie. «Mein Sohn hatte mich gerade besucht . . .»

Jerxheim junior nickte. «Wir waren gerade zu den Externsteinen unterwegs, so daß uns die Nachricht vom Tod meines Vaters erst sehr spät erreichen konnte.»

Schönstes Seminaristendeutsch, wie gedruckt. Ein hoffnungsvoller Nickelbrillen-Technokrat. Geboren für den Aufsichtsrat von Siemens oder Telefunken. Mit den Geldern seines Vaters als Starthilfe.

Beide wußten nichts (oder wollten nichts wissen) – weder von Jerxheims sado-masochistischen bzw. maso-sadistischen Ausschweifungen (Mannhardt begriff nicht ganz, was es da für 'nen Unterschied gab) noch von seiner Rolle als Finanzier von Benglers Gemeinschaft der Bußfertigen.

«Ich lebe schon seit einiger Zeit von meinem Mann getrennt . . .»

«Ich habe meinen Vater nur selten besucht . . .»

Als sie dann Jerxheims Keller sahen, fanden sie Benglers Schilderungen bis ins letzte Detail bestätigt. Koch sah's mit genüßlichem Touristenschaudern – wie bei Madame Tussaud in London; die andern waren recht geschockt.

Mannhardt überlegte. Inzwischen wußten sie, daß Roland Anterhaus mehrere Veranstaltungen der Gemeinschaft der Bußfertigen besucht hatte und Uwe Kurz von daher kannte; sie konnten aber einstweilen nicht herausfinden, ob er auch mit Jerxheim Kontakt gehabt hatte, insbesondere in diesem Keller hier . . . Was das Rauschgift und die Medikamente betraf, da hatte sich Anterhaus in der Apotheke seines Vaters selber bedient; soviel stand mittlerweile fest.

Bengler – Jerxheim – Kurz – Anterhaus. Eine Kette, in der kein Glied mehr fehlte. Nur zwei Anhänger: Wer war der zweite Jugendliche? War Elke, die Roland Anterhaus offenbar wesentlich besser kannte, als sie zugeben wollte, an alledem irgendwie beteiligt? Sie war zutiefst verstört, sie schwieg immer hartnäckiger. War das schon ein Schuldbekenntnis?

Oder spinne ich ernstlich, weil ich immer an Elke denken muß in diesem Zusammenhang? fragte sich Mannhardt . . . Egal! Ausmisten!

Die beiden Jerxheimschen Erben konnten ihnen dabei in keiner Weise behilflich sein. Sie waren auch mehr mit einer standesgemäßen Trauerfeier beschäftigt als mit kriminalpolizeilichen Problemen und kannten nur die eine große Frage: Sollte der Sohn sein Studium unter- oder gar abbrechen und die Firma übernehmen, oder sollte man deren Leitung dem Dr. Hülfenhaus anvertrauen?

Also zurück ins Büro.

Dort erwartete Mannhardt das, was er später als die größte Überraschung seines Lebens bezeichnen sollte.

Gedämpfte Erregung. Auf den Besucherstühlen, dem Kollegen Olscha gegenüber, saßen die Herren Dr. Hülfenhaus und Schwarz. Taubengrau der eine, im preußischblauen Maßanzug der andere. Chromblitzend ihre Aktenkoffer, und auf den Aktenkoffern – sie waren schon auf dem Sprung zum Flugplatz Tegel – die fünf Berliner Morgenzeitungen: *Bild* und *BZ, Spandauer Volksblatt* und *Tagesspiegel,* die *Morgenpost* – alle mit balkengroßen Überschriften von Benglers Geständnis berichtend, alle mit demselben Foto (Bengler auf dem ersten Flugblatt seiner Gemeinschaft der Bußfertigen). Der Rasterdruck ließ das schmale Savonarola-Gesicht noch düsterer erscheinen.

«Wir machen ja alle mal Fehler», sagte Herr Schwarz, «aber dies hier . . .»

Dr. Hülfenhaus machte ein gequältes Gesicht: diese Beamten! «Ich kann es noch immer nicht fassen. Ich schlage heute früh die Zeitung auf, und . . . Wir konnten das gestern vormittag unmöglich ahnen, worauf es da ankam.»

Da saßen sie mit der Selbstsicherheit zweier Wallstreet-Magnaten. Unanfechtbar, unantastbar, wirkungsvoll . . . Sie sagten: Bengler kann auf keinen Fall der Täter sein, denn er hat in der fraglichen Zeit – also von 18.25 Uhr bis 19.00 Uhr – mit uns zusammen am Konferenztisch gesessen und den Raum auch nicht eine Sekunde lang verlassen. Wir haben mit ihm die Eröffnung einer Zweigniederlassung in Düsseldorf durchgesprochen. Bis kurz nach 19.10 Uhr. Als Bengler dann gegangen ist, muß der Chef schon längst tot gewesen sein, so ja auch Ihre Ermittlungsergebnisse.

«Und warum sollte Bengler sich tatsächlich beschuldigt haben?» fragte Mannhardt. «Das Motiv?»

«Das Motiv, das Motiv!» Hülfenhaus lachte. «Denken Sie mal nach – da gibt's doch nur eine Antwort: Publicity . . . Werbung für seine komische Sekte da! Einer trage des anderen Last – seht her, ich, der große Religionserneuerer, ich nehme diese Untat auf mich . . .

Die große Wende. Der Fall Jerxheim auf den Kopf gestellt.

Logisch. Überzeugend. Sonnenklar.

Dr. Hülfenhaus eilte mit Herrn Schwarz zum Flugplatz: Amsterdam (Diamanten).

Dr. Weber tobte.

«Sie haben schludrig gearbeitet, Mannhardt – furchtbar schludrig! Links sein und tüchtig – na gut, aber links sein und Mist machen – bei mir nicht! Mein Gott, man fragt doch *jeden* Verdächtigen – und verdächtig waren nun mal *alle* Mitarbeiter der Jerxheim KG! Man fragt doch jeden Verdächtigen, wo er in der Tatzeit gewesen ist und mit wem zusammen!»

Mannhardt hatte sich geduckt; er bezog die Prügel, ohne Laut zu geben. Sicher, der Alte hatte recht, aber . . . Hülfenhaus war doch bei der ersten diesbezüglichen Frage gleich auf der Palme gewesen, und Bengler hatte gesagt, er sei nach dem Anruf um 18.25 Uhr sofort nach Hause gegangen . . . Den Schwarz hatten sie zu fragen vergessen, weil ihnen diese Information ja total unwichtig erscheinen mußte, als der ihnen mit Uwe Kurz den – zu diesem Zeitpunkt – wahrscheinlichen Täter genannt hatte . . .

«Ich hab Ihnen ja gleich gesagt: Dieser Kurz ist derjenige, auf den wir uns konzentrieren sollten», sagte Dr. Weber, «und Sie fallen auf diesen Bengler rein, rühren dem die Werbetrommel!»

Mannhardt versuchte zu erklären, sich zu rechtfertigen, aber Dr. Weber ließ sich auf keine Diskussion mehr ein.

«Ein bißchen Menschenkenntnis, mein Lieber! Was riskiert denn Bengler? Vielleicht ein paar Monate Tegel wegen Vortäuschens einer Straftat – und dafür bekommt er eine erstklassige Werbekampagne, für die er sonst Hunderttausende hätte zahlen müssen!»

Mannhardt blieb stumm, nickte nur.

Dr. Weber konnte sich noch immer nicht beruhigen. «*Ex malis eligere minima* – unter den Übeln das kleinere wählen! Lieber zugeben, daß wir den Kurz einstweilen nicht finden können, als den Leuten mit Bengler den falschen Täter präsentieren . . . Einen schönen Tag noch!»

Gerhard Bengler wurde wieder auf freien Fuß gesetzt.

Danach IV

Wir gehen den Kurfürstendamm hinunter. Mannhardt redet und redet. Meistens über Mannhardt. Auf seine Weise ist er genauso vielschichtig und zerrissen wie Bengler.

Da verabscheute er Bengler – und zugleich beneidete er ihn wegen seiner Außergewöhnlichkeit – oder was er dafür hält; jeder Spinner ist außer-gewöhnlich . . . Ja, und dann will er seinen Sozialismus – und zugleich fürchtet er ihn. Da lebt er so bürgerlich, wie's bürgerlicher kaum noch ging, Beamter mit eigenem Haus und so – und gleichzeitig haßte er das ganze bürgerliche Getue und Gehabe. Da macht er auf intellektuell und fühlt sich als einsamer Kämpfer gegen finstere Mächte – und dabei hat er was gegen alle Intellektuellen, die sich mit ihren Büchern und Stücken wirklich gegen diese Mächte auflehnen (– was hilft's? –), denn er ist ja nur der kleine Kripomann im gehobenen Dienst und hat weder Bücher noch Stücke geschrieben . . . Und so weiter, und so weiter.

Vielleicht ist es im Grunde nur das eine: der kleine Beamte und die großen Gedanken; Mannhardts Bewußtsein ist ein paar Nummern zu groß für Mannhardts Sein . . . Das sollte man erstmal jemand klarmachen. Sich unter diesen Umständen auf eine Beschreibung des Duells Mannhardt-Bengler einzulassen, ist schon ein ziemlich irrwitziges Unterfangen.

Maison de France, Uhlandstraße, weiter dem Kudamm hinunter. Mannhardt will mir den alten Betsaal der Gemeinschaft der Bußfertigen zeigen, dieses umgebaute Kino in der Schlüterstraße, in dem alles seinen Anfang genommen hat.

Mir paßt das Bengler-Bild nicht, das Mannhardt die ganze Zeit über gezeichnet hat. In meinem Notizbuch steht: *Keine Verabsolutierung des instrumentellen Aspektes*! Ich muß es übersetzen . . .

«Ich weiß nicht, ich seh den Bengler 'n bißchen anders als du, 'n bißchen komplexer.»

Mannhardt widerspricht, wird sogar ein wenig heftig. «*Noch* komplexer? Das Gutachten ist doch schon komplex genug – die Doppelpersönlichkeit, die Widersprüche . . .»

«Ja, schon, aber alle Welt tut so, als hätte Bengler seine Religion einzig und allein als Mittel zum Zweck benutzt – als Instrument, um mal schnell zu Geld zu kommen und in den Zeitungen aufzutauchen. Siehe Geltungssucht. Das glaub ich aber nicht.»

«Wenn's gegangen wäre, hätt er's auch mit'm Marxismus oder'm Maoismus probiert.»

«Kann sein. Aber das ist noch lange kein Beweis für mich, daß ich unrecht habe. Schön, zu Anfang mag er die Religion und die Gemeinschaft der Bußfertigen nur benutzt haben, um damit möglichst schnell nach oben zu kommen. Aber irgendwann oder zumindest zeitweise dürfte dann etwas eingetreten sein, was er bestimmt nicht gewollt hatte: Die Religion hat ihn plötzlich eingeholt – er ist wirklich gläubig geworden.»

Mannhardt bleibt skeptisch. «Die ich rief. Die Geister . . .? – Na!»

«Doch. Ein religiöser Mensch würde sagen: Die Kraft des Glaubens ist so stark, daß er ihr auf Dauer erliegen mußte. Ich würde eher sagen, daß das genauso ist wie bei seinen voneinander gelösten Persönlichkeitshälften: Mal dominiert die eine Seite, mal die andere. Mal benutzt er die Sekte nur, um seine Ziele zu erreichen, mal verliert er sich selber an den Glauben. Das oszilliert dauernd bei ihm.»

«Vielleicht», sagt Mannhardt, «vielleicht auch nicht. Aber warum soll er's anders machen als unsere Politiker?»

«Irgendwie ist da bei ihm ein gehöriges Maß an echter Frömmigkeit. Subjektiv, meine ich. Wenn's auch ab und zu mal verschwindet, es kommt immer wieder hoch . . . Diese Frömmigkeit scheint auch die Klammer zwischen seinen beiden Teilpersönlichkeiten zu sein: Buchhalter und Sektenführer werden durch das zusammengehalten, was an Glauben in ihm ist, latent jedenfalls. Andernfalls wär er ja total schizophren geworden. Klapsmühle. Ist er aber nicht geworden.»

«Vielleicht gibt's da gleitende Übergänge . . . Wenn du deine Reportage über Bengler doch mal schreiben solltest, dann schreib doch rein, was meine Großmutter immer gesagt hat: Man kann keinem Menschen ins Herz sehen.»

«Mannhardt kann keinem Menschen ins Herz sehen.»

«Man gut so.»

«Was ist denn mit seinen masochistischen Neigungen?» Ich habe einen weiteren Punkt auf meiner Checkliste abzuhaken, ehe es morgen früh nach Bramme zurückgeht.

«Hat er wohl gehabt», meint Mannhardt, «sonst hätt er sich doch nicht ausgerechnet die Geißlerbewegung ausgesucht.»

«Ob er's wirklich gewollt hat?»

«Sicher. Das Wort Masochismus kommt im Gutachten nicht vor – sexuelle Perversion, Lust am Schmerz –, ich kann mich jedenfalls nicht dran erinnern. Aber da steht was drin von einem gewissen Leidensbedürfnis. Warte mal . . .» Wir bleiben stehen, Mannhardt sucht in seiner Aktentasche. «Hier . . . ‹Der Proband› – also Bengler –, ‹offenbart ein ausgeprägtes Leidensbedürfnis. Die Tatsache, einen Menschen getötet zu haben, belastet ihn schwer. Und auf Grund dieses Bewußtseins seiner schweren Schuld will er sich fortwährend elend und unglücklich fühlen, denn, so sagt er sich, ich verdiene ja nichts Besseres. Es lassen sich bei B. in starken Schüben auftretende Tendenzen zur Selbstschädigung und

Selbstzerstörung feststellen.»»

«Na bitte: Freud läßt grüßen. So was hab ich im Flugzeug auch gelesen: nach innen gewendeter Destruktionstrieb.»

Mannhardt sieht mich an. «Ist denn heutzutage schon von vornherein was falsch, nur weil's von Freud ist?»

«Nein, ganz im Gegenteil. Das Gutachten ist ja soweit auch ganz gut, vielleicht sogar zu gut. Je besser so 'n psychologisches oder psychiatrisches Gutachten ist, desto mehr glauben die Leute, daß der ganze Spuk mit der Gemeinschaft der Bußfertigen nur 'ne Sache von Benglers verkorkster Psyche ist, ebenso wie der Nationalsozialismus nur 'ne Folge von Hitlers verkorkster Psyche war. Den Nährboden übersehen sie alle, den Nährboden dafür.»

«Nur du übersiehst ihn nicht?» Mannhardt wird plötzlich aggressiv.

«Ich übersehe ihn nicht, ich überschau ihn. Die gesellschaftlichen Umstände.»

«Na, dann schreib mal schön drüber.»

7

Krampfartige Magenschmerzen, Durchfall, Mattigkeit. Seit sie ihn aus der U-Haft entlassen hatten, ging es Bengler furchtbar mies. Ekel vor allem Eßbaren. Er lebte nur noch von Haferschleim und Pfefferminztee.

Allein in der großen Wohnung. Nun hatte er die viele Zeit, nach der er sich so lange gesehnt hatte, aber ihm fehlte jede Kraft, sie auch zu nutzen. Er war am Ende seiner Straße angekommen, vor ihm nichts als konturlose Weite, Hoffnungslosigkeit. Dahindämmernd saß er auf dem letzten umgestürzten Baumstamm.

Wenn er sich einmal aufraffte, dann nur, um den Fernseher einzuschalten und ein paar Gedanken ins Tagebuch zu schreiben. Gleich nach seiner Entlassung aus der Untersuchungshaft hatte er folgendes festgehalten: *Ich war gerade im Gebet vertieft, als sie mir eröffneten, ich könne gar nicht der Täter sein und hätte mich des Mordes an meinem Chef fälschlicherweise bezichtigt, um daraus Kapital für meine «Sekte», wie sie sagten, zu schlagen. Und dann war da auf einmal eine Stimme, man konnte sie nicht richtig hören, sie war einfach da, und die Stimme sagte: «Du hast den guten Kampf des Glaubens gekämpft und mir geholfen, die Herrschaft des Satans zu brechen. So ziehe denn hin in Frieden und vollende dein Werk.» Dann war die Stimme wieder weg. Die Beamten hatten sie nicht gehört. Wort- und willenlos ließ ich mich in ihr Büro führen. Und als sie mir sagten, die Herren Hülfenhaus und Schwarz hätten mit einem hieb- und stichfesten Alibi für mich gebürgt, da wußte ich, der Herr hat ein Wunder an dir vollbracht.*

Wie in Trance hörte ich, wie die Beamten mir aus ihrer Strafprozeßordnung vortrugen (Der Haftbefehl ist aufzuheben, sobald die Voraussetzungen der Untersuchungshaft nicht mehr vorliegen . . .) und mir sagten, daß ich mich auf eine Anklage wegen Vortäuschung einer strafbaren Handlung gefaßt zu machen hätte. Dann saß ich plötzlich in einem Taxi und fuhr meiner Wohnung entgegen. Die Wege des HERRN *sind unbegreiflich . . . Ich fühlte mich von einer mächtigen Woge davongetragen.*

Nun aber quälten ihn wieder die Zweifel, erdrückte ihn die Schuld, und er wurde krank an seiner Erkenntnis, daß jetzt, wo er die Kraft und die Impulse zur Erfüllung des großen Auftrages erhofft hatte, nur Leere in ihm war. Tage der Lähmung.

Immer mehr wurde ihm die kahle Wohnung zur Folterkammer. Als er nahe daran war, das böse Auge des ausgeschalteten Fernsehers, das ihn Morgen für Morgen gnadenlos anstarrte, mit dem Hammer zu zerschlagen, nahm er den Mantel und lief zur Firma hinüber. Seine Zahlen, so hoffte er, würden ihn heilen. Arbeit und Mühe brachten Frieden und Ruhe.

Die Eingangshalle, die Fahrstühle. Er kam sich als Fremder vor, als Besucher. Als er oben aus dem Fahrstuhl stieg, erschrak er. Er hatte nicht gerade erwartet, daß die Etagen der Jerxheim KG wie eine große Friedhofshalle ausgeschmückt waren: Kränze, Schleifen, Kandelaber. Aber nun boten sie nichts als das gewohnte Bild; alles war so, als wäre nichts geschehen.

Er ging zu seinem Büro und berührte die Klinke – so zögernd, so vorsichtig, als befürchte er einen elektrischen Schlag. Abgeschlossen! Zu dieser Zeit – es war gegen elf Uhr vormittags – hätte an sich Frau Hirsekorn hier sein müssen. Überhaupt, diese Stille hier . . . Ob sie wohl alle an Jerxheims Beisetzung teilnahmen? Er blickte auf den Datumsanzeiger seiner Armbanduhr – die war doch erst übermorgen.

Ein paar Kollegen kamen aus der Tür zur Werkstatt. Er schlüpfte hinter den grünen Vorhang, der die Liege und die anderen Sachen für die Erste Hilfe verdeckte. Als sie vorbeigingen, hielt er den Atem an.

«. . . es war garantiert dieser Kurz – daß sie den nicht finden . . . Die Polizei heute!»

Bengler atmete tief durch. Er hatte es geahnt: Jerxheims Tod und sein Geständnis waren hier noch immer Thema Nummer eins. Und er hatte Angst vor ihren Fragen, ihren Blicken, ihrem Trost. Spießrutenlaufen!

Aber wo anders als hier sollte er denn von nun an sein Geld verdienen? Ihn stellte doch kein Mensch mehr ein. Entweder sie hielten ihn für einen Spinner, oder aber sie hielten ihn für einen Mörder. Nur hier bei der Jerxheim KG konnte er noch hoffen. Vielleicht weniger auf die Nachsicht der Herren als vielmehr auf ihre Einsicht: Der Bengler ist doch schwer zu ersetzen.

Doch wenn er sich nun täuschte?

Minutenlang saß er auf der Liege und starrte den verstaubten Verbandskasten an. Gib dir doch endlich 'n Ruck!

Es ging nicht. Er hatte nicht den Mut, nicht die Kraft, ins Chefzimmer zu gehen oder zu Dr. Hülfenhaus. Er war ziemlich sicher, daß sie ihn rausschmeißen würden. Vielleicht mit ein paar kleinen Trostpflästerchen: einer Abfindung, einem gutklingenden Zeugnis . . . Er war so deprimiert, daß sein Körper jede Spannung verlor; nicht einmal mehr die Arme konnte und wollte er heben. Nur hier sitzenbleiben und langsam dahindämmern.

Doch sein Selbsterhaltungsmechanismus funktionierte noch: Warum haben mir denn Hülfenhaus und Schwarz das falsche Alibi verschafft? Doch nur aus Sympathie und Hilfsbereitschaft. Sie wollen nicht, daß ich mich selbst ins Unglück reite. Und wenn sie mich schon aus der U-Haft rausgeholt haben, dann werden sie mich doch jetzt nicht fallenlassen!

Sosehr er von der Richtigkeit dieses Arguments überzeugt war, so wenig wagte er es, direkt zu Dr. Hülfenhaus zu gehen. Es war wohl besser, wenn er erst mal vorsichtig die Fühler ausstreckte und bei Marietta nachfragte, was so alles im Gange war. Aber auch das war leichter gedacht als getan, denn er fürchtete sich davor, ins Vorzimmer zu gehen. Wenn Marietta die Tür zum Chefzimmer öffnete und der Blick frei war auf den Teppich, auf dem Jerxheim gelegen hatte . . . Bengler zweifelte daran, das ertragen zu können.

Immerhin hatte er seine Nerven wieder so weit unter Kontrolle, daß er auf das Naheliegendste kam: sein Büro einfach aufzuschließen wie immer und Marietta von dort aus anzurufen.

Zuerst war der Apparat besetzt, dann hörte er Mariettas Stimme.

«Du Armer!» sagte sie, nachdem er sich gemeldet hatte, und es klang in seinen Ohren unheimlich liebevoll und tröstlich. Kein Zweifel: Sie hielt ihn nicht nur für unschuldig, sondern auch für unfähig, so was zu tun.

«Ich sitze hier im Büro.»

«Wir dachten schon, du kommst eher.»

«Wie sieht's denn aus?»

«Komm doch runter, ich koch dir 'ne Tasse Kaffee.»

«Is denn keiner da?»

«Nee. Hülfenhaus is nun doch nach Johannesburg, und der Junior sitzt irgendwo auf'm Amtsgericht rum.»

Als er Marietta dann gegenübersaß, schnürte ihm ein Gefühl der Dankbarkeit fast die Kehle zu. Sie war der erste und der einzige Mensch, der sich um ihn kümmerte, sich um ihn bemühte. Seine Mutter hatte ihn nur mit Vorwürfen überhäuft («Daß du mir das antun mußtest!»), und seine Verlobte war weder als Besucherin ins Untersuchungsgefängnis gekommen, noch hatte sie es für nötig befunden, ans Telefon zu gehen; stets hatte sie ihren Vater abnehmen lassen («Edith ist im Augenblick nicht zu sprechen!»). Aber jetzt, bei Marietta, da fühlte er sich geborgen, da fühlte er sich wahrhaft zu Hause. Und vielleicht zum erstenmal empfand er in ihrer Gegenwart nur warme Zuneigung, frei von sexueller Erregung.

Marietta sagte, Jerxheim junior habe ihn entlassen wollen, aber er sei bei Dr. Hülfenhaus auf entschiedenen Widerstand gestoßen. «. . . und da sich die ganze Belegschaft für dich ausgesprochen hat, hat der Junior schließlich nachgeben müssen – wir wissen doch alle, daß du den Uwe wie deinen eigenen Sohn behandelt hast . . . Sag mal: Wolltest du echt dabei bleiben, daß du es gewesen bist – oder wolltest du ihm bloß 'n Vorsprung verschaffen, 'n größeren Vorsprung vor der Polizei?»

Bengler brauchte einige Sekunden, um den Sinn ihrer Worte zu verstehen. Das ist es also, warum sie mir geholfen haben, sie vermuten nicht, daß ich nur Propaganda für die Gemeinschaft der Bußfertigen machen wollte – sie glauben, daß ich Kurz helfen wollte, den Kopf aus der Schlinge zu ziehen . . . So war das also.

«Wie du ihn da getröstet hast, als er den Siegelring geklaut haben sollte . . .»

Die Nestwärme des Familienbetriebs – gab es die also wirklich? Alle traten sie für ihn ein, weil er für diesen . . . weil er für Bruder Kurz eingetreten war. Alle. Auch Hülfenhaus. Schwarz sowieso, aber auch Hülfenhaus . . . Einer für alle, alle für einen. Und nicht nur in der Rede auf dem Betriebsausflug . . .

In erster Linie ist es wohl Schwarz, dem ich das zu verdanken habe, seinem Mitgefühl und seiner Herzlichkeit. Aber auch Dr. Hülfenhaus scheint in Wahrheit ein anständiger Kerl zu sein, wenn's drauf ankommt. Seine Arroganz ist sicher nur Selbstschutz. Damit die anderen seine Gutmütigkeit nicht ausnutzen – wo heute so viele Güte mit Schwäche verwechseln . . . Vielleicht war es bei Dr. Hülfenhaus auch ein Stück Wiedergutmachung mir gegenüber. Sicher.

Uwe Kurz also . . . Sie hatten ihn wohl alle gemocht.

«Hat er dir denn gesagt, wohin er will?» fragte Marietta.

«Nein. Ich weiß weniger als die Polizei.»

«Egal. Ich find's prima, wie du's gemacht hast.»

«Was hat denn Hülfenhaus noch so gesagt? Oder der Herr Schwarz?»

«Daß wir dich hier brauchen. Daß du unentbehrlich bist.»

Bengler schloß die Augen. Gelobet sei der Herr täglich. Gott legt uns eine Last auf; aber er hilft uns auch . . . Und es regte sich der machtvolle Wille in ihm, als Ausgleich dafür, daß ihm seine Untat so schnell vergeben worden war, unendlich viel Gutes zu tun: mit den Geldern der Gemeinschaft der Bußfertigen sollte allen geholfen werden, die in Not geraten waren – verschuldet oder nicht. Wenn es einmal Gelder gab.

So schöpfte er neue Zuversicht und brachte den Tag hinter sich, ohne wieder in Depressionen zu verfallen. Er kam sogar auf die Idee, Marietta ins Kino einzuladen. Aber dann erfuhr er, daß sie am Nachmittag einen Migräneanfall bekommen hatte und mit Jerxheims Wagen nach Hause gebracht worden war.

Doch Bengler hörte ihre einschmeichelnde, unheimlich erotisierende Stimme noch den ganzen Abend über: *Wir wissen doch alle, daß du den Uwe wie deinen eigenen Sohn behandelt hast . . . Sag mal: Wolltest du echt dabei bleiben, daß du es gewesen bist – oder wolltest du ihm bloß 'n Vorsprung verschaffen, 'n größeren Vorsprung vor der Polizei?*

Das war eine Version, die ihm gefiel.

Wenn er dagegen sein Tagebuch aufschlug und nachlas, was er über sein Geständnis notiert hatte . . . *Ich kann diesen Druck nicht ertragen! Gehe ich über die Straße, so treffen mich die Blicke der Leute wie die*

Todesstrahlen außerirdischer Wesen. MÖRDER! *Sie sehen mich an, erkennen das Kainsmal auf meiner Stirn – und mir ist, als müsse ich unter ihren Blicken zu einem Häuflein Asche zerfallen. Aber kein Selbstmord gleicht diese meine Schuld aus, er erhöht sie nur noch! Ich sehe für meine schreckliche Tat nur eine Buße: zehn Jahre im Gefängnis zuzubringen. Unendlich groß ist meine Schuld. Ich lese in der Heiligen Schrift: ‹Darum spreche ich mich schuldig und tue Buße in Staub und Asche . . .› So hat Hiob gesprochen – und der Herr segnete ihn danach mehr als je zuvor.*

Es hat überhaupt keinen Zweck, diesen Mannhardt auf die Dauer hinters Licht führen zu wollen, dazu ist der viel zu gewieft. Er wird bald erkennen, daß mir Hülfenhaus und Schwarz nur aus Kollegialität und Sympathie zur Hilfe gekommen sind. Über kurz oder lang wird mich Mannhardt doch überführen, spätestens dann, wenn man Uwe Kurz irgendwo aufgegabelt hat und einsehen muß, daß er's nicht gewesen sein kann . . . Warum erst dieser Umweg, warum noch Aufschub! Ich werde mich stellen. Je schneller es geht, desto weniger wird die Gemeinschaft der Bußfertigen in Mitleidenschaft gezogen. Ich mußte Jerxheim töten, um das Böse zu vernichten. Bruder Hirsekorn wird die Schäflein hüten, bis ich geläutert zurückkehre. Ich werde jetzt zur Mordkommission gehen und Mannhardt sagen, daß ich Jerxhei

Hier brach die Aufzeichnung ab, und Bengler konnte im Nachhinein kaum verstehen, wie er das alles hatte schreiben können. Jetzt sah er die Dinge völlig anders. Der HERR hatte ihm den jahrelangen Gefängnisaufenthalt erlassen und ihn, Hülfenhaus und Schwarz als seine Werkzeuge verwendend, in seinem großen Auftrag bestätigt: mit der Gemeinschaft der Bußfertigen die Erneuerung des christlichen Glaubens zu betreiben. Im Gelingen dieses großen Werkes lag die Chance seiner Bewährung. Er hörte die Worte des HERRN, wie sie sich im Buche des Propheten Jeremia fanden: ‹Ich habe dich je und je geliebet; darum habe ich dich zu mir gezogen aus lauter Güte . . .›

Dies waren Stunden voller Dankbarkeit und Euphorie. Doch es war nicht so, wie Bengler wohl glaubte: Er konnte seine Psyche nicht derart perfekt kontrollieren wie seine Buchungsmaschinen. Am Abend, als er allein im Fernsehsessel saß, folgte der manischen prompt die depressive Phase.

Er trank Calvados, viel Calvados. Dann erst hatte er den Mut, Ediths Brief aufzureißen.

Es stand genau das drin, was er erwartet hatte: *. . . keinen Sinn mehr mit uns . . . Du lebst ja doch nur für Deine Sekte . . . bitte ich Dich, unsere Verlobung hiermit als gelöst zu betrachten . . .* Mein Gott, mein Gott, warum hast du mich verlassen?

Dabei lag ihm gar nicht soviel an Edith, bei näherem Hinsehen.

Wenig später rief seine Mutter an. «Kommst du nun Ostern nach Bad

Zwischenahn? Du hast es mir doch versprochen!»

«Ja», sagte er, um seine Ruhe zu haben. Was sollte das schon bringen? Sie verstand ihn nicht, wie sie ihn nie verstanden hatte . . .

Der große Gottesdienst war für Karfreitag angesetzt. Gleich danach wollte er sich ins Auto setzen und zu ihr fahren. Am Ostersamstag konnte er dann wieder in Berlin sein. Zur Not konnte auch Bruder Hirsekorn für ihn einspringen.

«Das hätte ich auch gar nicht anders von dir erwartet», sagte seine Mutter.

Bengler legte auf.

Es schien ihm, als würde sich die Stubentür langsam öffnen. Der Wind? Nein, war das nicht Marietta? Er hörte ihre Stimme, hörte sie ganz deutlich: *Wir wissen doch alle, daß du den Uwe wie deinen eigenen Sohn behandelt hast. Sag mal: Wolltest du echt dabei bleiben, daß du es gewesen bist – oder wolltest du ihm bloß 'n Vorsprung verschaffen? 'n größeren Vorsprung vor der Polizei?*

Wenn sie es alle sagten, dann mußte es auch wahr sein: Nicht er hatte Jerxheim erschlagen, sondern Kurz. Er bildete sich alles nur ein. Er war krank. Nervenkrank . . . Verrückt?

Natürlich. Das war doch alles unmöglich. Das paßte doch gar nicht zu ihm . . . Es war wie ein Anfall.

Wo bin ich denn? Er kannte seine Wohnung nicht mehr. *Wer bin ich denn?* Er kannte seinen Namen nicht mehr. *Was mache ich eigentlich hier?* Er fuhr hoch, denn sein Herz hatte sich heiß zusammengekrampft, und das sichere Gefühl des herannahenden Todes schnürte ihm die Kehle zu. *Mein Gott, mein Gott, warum . . .*

Er taumelte. Er schlug längelang hin. Alles löste sich auf, alles zerfloß.

Er kam erst wieder zu sich, als der Arzt vom Notfalldienst seine Spritze ansetzte und ihn voll Valium pumpte. Die Leute von gegenüber, so erfuhr er jetzt, hatten ihn zu Boden stürzen sehen und 112 angerufen . . . Seine Vorhänge waren in der Wäscherei.

«Kein Herzinfarkt», sagte der Arzt; «die Nerven . . . Morgen früh zum Internisten. Haben Sie jemand, der . . . Sie werden zwar schlafen, aber . . .»

Bengler ließ Bruder Hirsekorn anrufen; der erklärte sich auch sofort bereit, die Nacht in Benglers Wohnung zu verbringen.

Als der Arzt wieder gegangen war, betete Bengler: «Herr, ich danke dir aus ganzem Herzen, daß du mich gerettet hast . . .» Und zugleich war er wieder gänzlich sicher, daß er Gerhard Bengler war, der Mann, der Jerxheim erschlagen hatte. Er und niemand anders. Er hatte zu sich zurückgefunden. Er war völlig klar. Hellwach. Das Medikament wirkte . . . Er holte sich sein Tagebuch vor und schrieb:

In diesem Augenblick habe ich begriffen, daß ich meine Tat nie verdrängen kann, was immer auch geschehen mag. Ich weiß sehr genau, daß sie mich töten wird, langsam und qualvoll töten, wenn ich sie nicht mit einer angemessenen Buße neutralisiere. Mir bleibt nichts weiter übrig, als um meine zehn Jahre Gefängnisaufenthalt zu kämpfen. Nur dort, in der Einsamkeit meiner Zelle, kann ich den Berg meiner Schuld so abtragen, wie es sich gehört – Stein um Stein. Einen anderen Weg gibt es nicht mehr. Ich stemme mich mit letzter Kraft gegen die Macht des Beruhigungsmittels. Ich werde mir die Telefonnummer von diesem Mannhardt heraussuchen und ihn

«. . . issen da?» Verschlafen.

«Ich – Bengler, Gerhard Bengler.»

«Ja . . .» Gähnen. «Und?»

«Ich will ein Geständnis ablegen . . .»

«Noch eins? Mitten in der Nacht?»

«Ich schwöre Ihnen, Herr Kommissar, Herr Mannhardt, ich war es wirklich! Bitte glauben Sie mir doch – bitte!»

«Ich laß mich doch nicht von Ihnen verscheißern, Mann!»

«Bitte – ich flehe Sie an . . .»

«Mensch, Sie lallen ja nur noch! Wie besoffen sind Sie eigentlich?»

«Sie müssen mir glauben! Bitte glauben Sie mir doch!»

«Das ist ja pathologisch bei Ihnen! Gehen Sie mal zum Arzt.»

«Ich habe Jerxheim erschlagen!» schrie Bengler. «Ich und kein anderer!»

«Und ich hab Julius Cäsar erstochen!» schrie Mannhardt zurück, bevor er auflegte.

Vielleicht hätte sich Bengler in diesem Augenblick auf die Straße gestürzt, aber das Valium begann immer stärker zu wirken. Und vorn an der Wohnungstür klingelte gerade Bruder Hirsekorn.

Am nächsten Morgen hatte sich Benglers Zustand wieder so weit normalisiert, daß er ohne größere Beschwerden ins Büro gehen konnte. Aber kurz nach Jerxheims Trauerfeier, die um 10.00 Uhr im Krematorium Gerichtstraße stattfand, erlitt er einen zweiten Anfall, der zwar längst nicht so heftig war wie der erste, ihn aber um so verbissener nach einer Möglichkeit suchen ließ, Mannhardt und die Kriminalpolizei von seiner Schuld zu überzeugen.

Aber wie?

Womit sollte er's denn beweisen? Schließlich hatte er die Tat nicht vom Stativ aus filmen können . . . Hatte er's eigentlich spontan getan oder im Unbewußten schon lange geplant gehabt? Er hoffte auf den Psychiater, der dem Gericht das Gutachten schreiben mußte. Mord oder Totschlag? Wahrscheinlich letzteres. Jedenfalls würde jeder bessere Anwalt das Gericht . . . Nicht lebenslänglich, sondern – ein besonders schwerer Fall wär's bei ihm sicher nicht – nur etwa fünf bis zehn Jahre . . . Genau die Zeit, die er brauchte.

Was konnte er tun? Vielleicht doch eine ganze Menge. Zuallererst einmal mußte er Hülfenhaus und Schwarz dazu bewegen, ihre falsche Aussage zurückzunehmen . . . Da hätte er auch gleich drauf kommen können!

Er ging ins Chefzimmer hinunter. Statt Marietta fand er eine ältliche Stenotypistin im Vorraum.

«Fräulein Ronnets ist gleich nach der Trauerfeier nach Hause gefahren», sagte sie. «Immer noch die Kopfschmerzen.»

Bengler war enttäuscht. Schon während der Trauerfeier war sie ihm aus dem Wege gegangen. Ob sie den Mörder in ihm doch gewittert hatte . . . *Riecht man das?*

Bengler hatte sich mit einer Unmenge von Valium über die Runden gebracht. Erst jetzt, da die Wirkung der Droge rapid nachließ, begriff er, was da geschehen war. Jetzt, da sein Blick durch die geöffnete Tür auf Jerxheims Schreibtisch fiel, auf die Stelle, wo es geschehen war.

Da vorn steht der Sarg.

Da liegt der Mann drin, den du erschlagen hast.

Die klaffende Wunde.

Das Blut, Gehirnmasse . . .

«Herr Bengler! Was ist denn . . . Ist Ihnen schlecht?»

Sein Herz verlor jeden Rhythmus. Seine Lungen blieben ohne Luft. Er sank auf einen Stuhl . . .

Nachdem er weitere Tabletten geschluckt hatte, ging es wieder. «Ich muß Dr. Hülfenhaus sprechen!» stieß er hervor.

«Tut mir leid, der ist schon vor etwa einer halben Stunde nach Hause gegangen. Die letzten Vorbereitungen noch – er will ja morgen wieder nach Ganderkesee fahren, über Ostern . . .»

Ganderkesee, das war westlich von Bremen–Delmenhorst, und Bengler wußte, daß Hülfenhaus dort auf dem kleinen Sportflugplatz seine CAP-10 stehen hatte.

Scheiße! Heute war ja schon Gründonnerstag.

«Aber Herr Schwarz ist doch noch im Haus?» fragte er die Dame, die Marietta vertrat.

«Meines Wissens ja.»

Herr Schwarz war freundlich und zuvorkommend, rückte ihm einen Stuhl zurecht und bot ihm einen Cognac an. «Womit kann ich Ihnen helfen?»

«Ich brauche Ihre Hilfe nicht mehr!» rief Bengler und vergaß die Eröffnung, die er sich sorgsam zurechtgelegt hatte, schon in den ersten Sekunden ihrer Unterredung. «Das macht doch alles nur noch schlimmer . . . Sie können mir nur noch helfen, wenn Sie Mannhardt die Wahrheit sagen!»

«Nein, Bengler, nein! Wir können einfach nicht zulassen, daß Sie sich selbst zugrunde richten.»

«Aber ich war doch in der fraglichen Zeit nicht bei Ihnen . . . Mein Gott, ich kann doch gar nicht dagewesen sein!»

«Doch. Sie *waren.*»

Schwarz sagte das mit einer solchen Selbstverständlichkeit, daß Bengler sofort wieder umkippte. Er hat recht. Ich spinne . . . Ich war's nicht. Ich bilde mir das alles nur ein . . . Ich muß zum Psychiater!

Und schon stieg die Angst wieder hoch.

Hastig verabschiedete er sich, flüchtete in sein Büro, schloß sich ein – und drehte den Schlüssel wieder zurück: Wenn er schlappmachte, kam ja keiner mehr rein.

Wie Schwarz das gesagt hatte: *Doch – Sie waren!* So sagt man: Ach, es regnet ja schon wieder – wenn alle sehen können, wie draußen die Tropfen an die Fensterscheiben schlagen . . . Und ein Mann wie Schwarz, der konnte sich nicht irren. Und Hülfenhaus auch nicht.

Die einzige Schlußfolgerung, die sich aus diesem Tatbestand ziehen ließ, war grausam: Sie logen also nicht, um ihn zu schützen, sie taten etwas viel Simpleres – sie sagten die Wahrheit. Jerxheims Mörder konnte tausend Namen haben, nur einen nicht: Gerhard Bengler . . . Bengler ließ den Kopf auf die Tischplatte sinken.

Ich bin doch nicht verrückt!

Ich bin doch nicht verrückt!

Er rief die Keithstraße an, bekam Mannhardt an den Apparat.

«Helfen Sie mir . . . *Bitte* helfen Sie mir – ich drehe sonst durch! Rollen Sie den Fall wieder auf! Kurz war's nicht, ich war's. Bringen Sie ihn hierher, er wird's Ihnen bestätigen. Sie müssen mich überführen, Sie müssen . . . Ich geh sonst vor die Hunde!»

«Lassen Sie mich doch endlich mit Ihren hysterischen Anrufen in Ruhe!» schrie Mannhardt. «Für wie blöd halten Sie mich denn!? Ich bin doch nicht Ihr PR-Manager; die Mordkommission hat weiß Gott was anderes zu tun, als für Sie die Werbeagentur zu spielen! Wie oft soll denn Ihr Name noch in den Zeitungen auftauchen, bevor Sie endlich Ruhe geben?»

Bengler wollte noch so vieles sagen, aber Mannhardt hatte schon wieder aufgelegt.

Langsam ließ Bengler den Hörer in die Gabel gleiten. Sicher, er hatte die Zeitungen in den letzten Tagen mit viel narzißtischem Lustgewinn gelesen, aber an den Aspekt der Werbung für seine Gemeinschaft der Bußfertigen hatte er überhaupt nicht gedacht . . . Na, um so besser! Dann war ja morgen mit einem Zustrom neuer Anhänger zu rechnen . . . Und er hatte sich noch nicht den kleinsten Gedanken über die Predigt gemacht!

Damit war schlagartig alles andere vergessen. Er zog die Bibel aus der Schreibtischschublade und suchte nach einer Stelle, über die sich sprechen, an Hand derer sich sein falsches Geständnis und sein Eintreten für Bruder Kurz rechtfertigen ließ.

Das Telefon vor ihm schrillte.

Erst jetzt, als er zusammenschrak, wurde ihm bewußt, daß er seine Position schon wieder gewechselt hatte.

«Ja bitte . . .» sagte er und realisierte dann nur mühsam, daß er mit Hirsekorn sprach, Bruder Hirsekorn.

Der brauchte eine Weile, um zur Sache zu kommen, und auch dann war er infolge seiner heftigen Erregung kaum zu verstehen. «Sie haben den Gottesdienst morgen verboten . . . Eine einstweilige Verfügung . . . Der Vater von Roland Anterhaus . . . Kriminelle Vereinigung . . .»

Der Todesstoß. Seine Gemeinschaft der Bußfertigen eine kriminelle Vereinigung . . . Nein!

Er fiel in sich zusammen.

Ich will Ruhe, nichts als Ruhe. Ich will fort aus dieser Welt. Nach Tegel. Ins Gefängnis . . . Wer seine Missetat leugnet, dem wird es nicht gelingen; wer sie aber bekennt und büßt, der wird Barmherzigkeit erlangen . . . Ich will in der Ruhe meiner Zelle mein Großes Buch der Buße schreiben und vollenden. Ich will das Konto meines Lebens wieder und für immer ausgleichen: Jerxheims Tod auf der Minusseite, zehn Jahre im Gefängnis auf der Plusseite. Ich will, was die Heilige Schrift verspricht: Wirf dein Anliegen auf den Herrn: der wird den Gerechten nicht ewiglich in Unruhe lassen. Barmherzig und gnädig ist der Herr . . . So ferne der Morgen ist vom Abend, läßt er unsere Übertretungen von uns sein . . . Und ich will, indem ich diese Buße auf mich nehme, allen meinen Anhängern ein Vorbild sein!

Während ihm dies alles wirr durch den Kopf ging, hatte er schon wieder zum Telefon gegriffen und Mannhardts Nummer gewählt.

Im Unbewußten hoffte er wohl auch, in den zehn Jahren Tegel, die er erringen wollte, von all dem geheilt zu werden, was ihn da erschütterte: der Sucht nach Größe vor allem, aber auch dem Glauben, ein Auserwählter Gottes zu sein. Doch Mannhardt war nicht bereit, ihm auch nur sekundenlang zuzuhören.

«Hören Sie endlich auf, mich dauernd anzurufen! Sie hamse ja nich mehr alle – das ist doch 'n Fall für'n Amtsarzt!»

Bengler zitterte vor Kälte. Ein Schüttelfrost. Fieber. «Sie glauben mir noch immer nicht?»

«Nein!»

«Dann tragen Sie die Verantwortung für alles, was jetzt geschieht.»

«Ja. Schluß jetzt, sonst . . .»

Benglers Stimme überschlug sich. «Dann werde ich in den nächsten Stunden einen zweiten Menschen umbringen. Vielleicht glauben Sie mir dann, daß der erste Mord auch auf mein Konto geht!»

Er hatte nicht gemerkt, daß Mannhardt schon längst aufgelegt hatte.

8

Ostern, Osterfeuer, Osterwasser, Ostereier . . . Scheiße!

Mannhardt saß am Schreibtisch und zeichnete gedankenverloren das gigantische Liniennetz einer imaginären U-Bahn auf das Löschblatt der Schreibunterlage. Hier eine Verlängerung, dort eine Verbindung, überall neue Bahnhöfe. Das wuchs und wuchs. Ein gigantisches Labyrinth. Man hätte Jahre gebraucht, um alle Strecken abzufahren.

Krach mit Lilo. Sie wollte über Ostern partout ihre Worpsweder Schwester und deren Anhang bei sich in Hermsdorf haben. Trubel! Er hätte sich lieber in den Garten gelegt und den lieben Gott einen guten Mann sein lassen.

Krach mit Elke. Sie hüllte sich noch immer in Schweigen, und er hatte ihr verboten, die Feiertage über bei ihrer Freundin zu wohnen.

Krach mit seinem Über-Ich. Bengler hatte eben gesagt: Dann tragen Sie die Verantwortung für alles, was jetzt geschieht. Und Mannhardt hörte die Worte jetzt noch, Stunden später, ganz deutlich; als liefe irgendwo in seinem Gehörgang eine winzige Kassette ab . . . Er hatte aufgelegt. Aufgelegt, um nicht mitanhören zu müssen, was dann noch kam. So konnte er später immer behaupten: Ich schwöre bei allem, was mir heilig ist, daß Bengler zu mir kein einziges Wort darüber verloren hat, was er vorhatte. Wie sollte ich denn wissen, daß er . . .?

Wenn Bengler nun tatsächlich einen umbringt?

Mannhardt wußte, daß dieser Tote dann einzig und allein auf sein Konto ging. Sicher, ihm konnte keiner was nachweisen, aber . . .

Er stand auf, um zu Dr. Weber hinüberzugehen und mit ihm die Sache durchzusprechen.

Aber als er die Türklinke in der Hand hatte, zögerte er plötzlich. Gehe nie zu deinem Fürscht . . . Weber würde ihn nur wieder zu provozieren versuchen und auf irgendeine unvorsichtige politische Bemerkung hoffen. Und vielleicht versaute er ihm sogar die Feiertage dadurch, daß er ihn dieses Arschloch von Bengler observieren ließ – mit einer süffisanten Bemerkung, Sie plädieren doch immer für eine präventive Kriminalpolitik, mein lieber Mannhardt; da haben Sie sie . . . Mannhardt wandte sich wieder seinen U-Bahn-Strecken zu.

Aber wenn Bengler nun doch . . .? Er griff zum Telefon und rief die Ronnets an. «Wie geht's denn unserm Freunde Gerhard Bengler?»

«Der wird morgen nach Bad Zwischenahn fahren, zu seiner Mutter.»

Gott sei Dank! Seine Mutter wird er ja kaum . . . «Was erzählt er Ihnen denn so? Immer noch, daß er's gewesen ist?»

«Ach, wissen Sie . . .»

Die hatte eine Stimme, die hätte Beate Uhse auf Flaschen füllen und verkaufen können.

Marietta überlegte noch einen Augenblick. «Nein, an sich nicht. Vorhin war er ganz happy. Erst hieß es, den Gottesdienst Karfreitag, den hätten die verboten, aber das war bloß 'ne Drohung.»

«Nun geht's Karfreitag rund?»

«Ja, sieht ganz so aus.»

«Und Sie? Gehn Sie auch hin?»

«Warum nicht?»

Mannhardt verabschiedete sich. Er spürte eine undefinierbare, würgende Angst. Er telefonierte eine Weile herum und fand dann heraus, daß sich Anterhaus und Pfarrer Erhard Heidenreich noch immer mit aller Kraft darum bemühten, das große Karfreitags-Meeting der Gemeinschaft der Bußfertigen zu verhindern. Gelang ihnen das, war damit zu rechnen, daß Bengler wieder zur anderen Seite hin umkippte. Und das Theater dann! *Warum hat die Polizei nicht rechtzeitig* . . . Und so weiter, und so fort.

So oder so: Man mußte davon ausgehen, daß die Gemeinschaft der Bußfertigen Zulauf bekam. Jetzt überschlug sich die Presse mit sensationellen Meldungen – Bengler hinten, Bengler vorn . . . Es mußte doch eine Möglichkeit geben, diesen Brüdern den Wind aus den Segeln zu nehmen, sie lächerlich zu machen!

Nach kurzem Nachdenken riß Mannhardt ein kariertes Blatt aus seinem DIN-A 4-Block und schrieb nach Bramme.

Lieber -ky,
ganz kurz: Du kennst ja den Fall Bengler, und ich habe eine ganz, ganz dringende Bitte an Dich – wozu bist Du Journalist? Schreib doch bitte so schnell wie möglich eine Serie oder so was, wodurch Leute wie dieser Bengler derart lächerlich gemacht werden, daß sie sich nie wieder davon erholen können. Zum Beispiel, wie sie ihren Anhängern das Ende der Welt ankündigen und dann vergeblich darauf warten, daß was passiert. Wir müssen was tun! Wer heute schreit: Ehre sei unserem großen Fährmann Gerhard Bengler, Halleluja!, der schreit doch morgen auch: Heil Müller/Schulze/Lehmann – Hitler wird er ja nicht wieder heißen . . . Mal muß die Vernunft doch siegen!

Bitte, tu was. Mit Informationen stehe ich Dir gern zur Verfügung, Du kannst mich jederzeit anrufen (ich hab's bei Dir schon ein paarmal vergeblich versucht).

Herzlichen Dank im voraus.

Mit den besten Grüßen,
Dein
Hans-Jürgen M.

P.S. Außerdem habe ich den schrecklichen Verdacht, daß meine Tochter irgendwie mit Bengler zusammenhängt. Ich bin schon ganz verzweifelt.

Der Brief ging ab, und Mannhardt hatte das Gefühl, seine verdammte Pflicht und Schuldigkeit getan zu haben. Er vergaß Bengler und seine Scheißsekte vollends, als am frühen Abend Lilos Schwester mit ihrer Familie eintraf. Sie war acht Jahre jünger als Lilo, und Mannhardt flirtete mit ihr, was das Zeug hielt. Es wurde spät.

Kein Wunder, daß sie am nächsten Morgen recht spät aus den Betten kamen. Die ‹Kinder› – seine beiden und ihre Cousine aus Worpswede – wurden ungeduldig.

«Wir fahren schon mal in die Stadt», erklärte Elke.

«Okay. Ein Uhr an der Gedächtniskirche.»

Raus waren sie.

Lilo blickte Elke nach, und er merkte, daß sie plötzlich leise weinte. Er sah sie an. Sie sprang auf, murmelte etwas Unverständliches und lief in die Küche hinaus. Er folgte ihr.

«Was ist denn?»

«Elke . . . Ich hab sie vorhin im Badezimmer überrascht . . . Sie hatte so komische Verletzungen auf'm Rücken. Wie Striemen.»

Mannhardt versteinerte. «Und wie erklärt sie das?»

«Sie sagt, sie haben Hochsprung trainiert, Flop, und sie is 'n paarmal unglücklich auf'n Rücken gefallen.»

Um zehn Uhr begann Benglers großes Karfreitag-Meeting.

«Jetzt ist es zehn vor zehn . . . Los!»

Aber sie kamen nicht so schnell in die Innenstadt, wie sie gehofft hatten, denn zum einen war Berlin an diesem Tage schon ziemlich überfüllt, und zum anderen konnten sie Schwager und Schwägerin, die sie nicht einweihen wollten, nur schwer zur Eile antreiben. Sie wollten die Kantstraße runter bis zum Zoo, kamen aber nur bis zur Leibnizstraße, dann war alles verstopft. Sie fanden schließlich nach einigem Suchen einen Parkplatz und gingen zu Fuß weiter.

Auf einmal Menschen, Polizeifahrzeuge, Blaulicht . . . Mannhardt ließ die anderen stehen, drängte sich allein durch, und auf der Höhe der Schlüterstraße sah er, was los war.

Auf der rechten Seite der Kantstraße, die gesamte Breite der Fahrbahn einnehmend, bewegte sich der Geißlerzug in Richtung Zoo. Vielleicht dreißig, vielleicht fünfzig Teilnehmer – schwer zu sagen, denn die Zahl änderte sich laufend; einige verschwanden plötzlich in der Menge oder in den angrenzenden Häusern, dafür kamen wieder andere hinzu. Nur vier, fünf Mädchen waren dabei . . . Elke nicht! Mannhardt atmete tief durch; unbewußt hatte er die Luft angehalten. – Das Durchschnittsalter der Gruppe? Zwanzig, wenn's hochkam. Die meisten hatten ihren Oberkörper entblößt und weiße Tücher – Bettlaken vielleicht oder Tischtücher – so um die Hüften geschlungen, daß sie bis zu den Füßen reichten und noch über den staubigen Asphalt schleiften. Auf Rücken und Brust hatten sie sich mit Filzstift rote Kreuze gemalt.

Den Mann an der Spitze erkannte Mannhardt gleich: Bruder Hirsekorn, Hirsekorn junior. Er schlug sich mit einer monströsen Hundepeitsche, ‹Siebenstriemer› nannte man die Dinger früher in Berlin, auf die bloßen Schultern und schrie dabei im Rhythmus seiner Schläge:

«Dies geschieht zum Gedächtnis der Leiden Jesu Christi und um meiner Sünden willen . . .»

Dabei platzte seine Haut an immer neuen Stellen auf. Er schien es nicht zu merken.

Die anderen geißelten sich in dem Takt, den Hirsekorn vorgab. Die meisten mit ihren Gürteln, einige auch mit Fahrradketten oder mit abgebrochenen Stuhlbeinen, die aber eher das Gesäß trafen als die Schultern; zwei, drei hatten auch herausgerissene Telefon- und Stromkabel in der Hand. Alles schien sehr improvisiert zu sein, eher spontan als geplant.

Nur Hirsekorn hatte sich offenbar voll auf diesen Tag vorbereitet – seinen Tag; den Tag, an dem es ihm endlich vergönnt war, das Werk seines Vaters fortzusetzen. Er hatte auch die Lieder gelernt, die die Geißler unaufhörlich sangen:

Jesus Christ, der ward gefangen,
An ein Kreuz ward er gehangen,
Das Kreuz, das ward vom Blute rot,
Wir beklagen Gotts Marter und seinen Tod.
Um Gott vergießen wir unser Blut,
Das sei uns für die Sünde gut.
Dazu hilf uns, lieber Herr und Gott,
Des bitten wir durch deinen Tod.

Mannhardt konnte es nicht leugnen: Das rührte etwas in seinem Innern an; etwas, das wohl lange verschüttet, aber dennoch weiterhin vorhanden war . . . Sekundenlang zumindest war sein Impuls, sich der Geißlerprozession zuzuordnen, schmerzhaft mächtig. Hatte er eben noch über das Ganze gegrinst (nachdem er wußte, daß Elke nicht beteiligt war!) – die Situation, über der er eben noch gestanden hatte, die hatte ihn plötzlich eingeholt.

Neben ihm stand ein hagerer Typ, randlose Brille, die ZEIT in der Hand. «Inszenierung der Staatlichen Bühnen», spottete er, «im Auftrag des Verkehrsamtes nach dem Motto: In Berlin is imma wat los!»

«Der Mensch lebt nicht vom ‹Kapital› allein», sagte Mannhardt. Er war überrascht, wie aggressiv es klang.

«Einige schon . . .»

«Die da auf der Straße nich. a) haben sie keins, und b) können sie's nich lesen.» Klugscheißer. Is doch egal, das alles. Spinner. Hauptsache, die Elke is nich dabei . . . Halt mal! Der Bengler ist auch nicht . . . Sollten die beiden . . .?

Ein Haufen junger Männer – Bärte, Stiefel, Jeans – brach durch die Mauer der Gaffenden und rannte auf die Geißler zu.

«Hört doch auf mit dem Unfug!»

Ein, zwei rote Fahnen.

Ein schnell gepinseltes Transparent:

Gott macht Euch nur besoffen
Allein die eigne Kraft läßt hoffen!

Gelbe Buchstaben auf rotem Tuch.

Die Gegendemonstration. Kein Wunder, hier in der Nähe der Technischen Universität und vieler linker Kneipen.

«So könnt ihr doch eure beschissene Situation niemals ändern!» schrie der Anführer, ein baumlanger Typ in einem offenen Parka, der ihm was Fledermaushaftes gab. «Nur wenn wir gemeinsam gegen das Großkapital kämpfen, können wir auch Arbeitsplätze schaffen. Euch hilft kein Gott, euch hilft nur eine starke Arbeiterklasse!» Mit diesen Worten stellte er sich Hirsekorn in den Weg.

Hirsekorn zögerte keine Sekunde und schlug ohne Vorwarnung auf den langen Agitator ein. Der bekam sofort Hilfe von seinen Genossen, aber auch von ein paar Leuten aus der Menge.

Mannhardt blieb hinter einem VW-Käfer stehen und redete sich ein, ihm sei der Weg versperrt. Die Schlägerei breitete sich lawinenartig aus. Blaulicht, Sirenen; die Kollegen, schon vorsorglich in der Nähe postiert, waren schnell zur Stelle. Im Nu beherrschten Helme, Schutzschilde und Gummiknüppel die Szene.

«Scheißbullen!» Es war nicht auszumachen, wer schrie – Geißler, Gegendemonstranten, Schaulustige – oder alle miteinander.

«Scheißbullen . . .»

Die Scheißbullen zeigten sofort, was sie gelernt hatten: Anführer isolieren, den Brand ersticken . . . Aber ihr Versuch, Hirsekorn und auch den langen Agitator aus dem Knäuel der Kämpfenden herauszufischen, scheiterte zunächst – im Gegenteil, ihre ersten Schläge bewirkten nur, daß sich Geißler wie Gegendemonstranten gegen sie zusammenschlossen.

Plötzlich flogen Steine. Der erste der Geißler brach zusammen. Ein junger Polizist lag plötzlich am Boden. Der lange Agitator wand sich mit theatralischem Schmerzensgeheul im Griff dreier Männer, die unauffällig-auffälliges Zivil trugen.

Die Eskalation war da.

Und mit ihr die Wasserwerfer.

Mannhardt flüchtete. Er kam heil raus aus dem Hexenkessel, erreichte über Savignyplatz und Knesebeckstraße den Kudamm.

Harter Schnitt: osterbuntes Berlin. Ein herrliches Wetter. Blauer Himmel, nur ein paar Wölkchen; die Sonne fast schon maienwarm. Funkelnd das goldene Kreuz auf der Gedächtniskirche, friedlich die Gäste auf den vielen Stufen davor.

Auch Elke wartete schon, und mit ihr der Rest der Familie.

Sie beschlossen, in den Zoo zu gehen und dort zu Mittag zu essen, und zwar Fisch, am besten Forelle – schließlich war Karfreitag heute ... Spinat oder Fisch; bloß kein Fleisch.

«Aber Kaffee trinken wir dann bei uns zu Hause im Garten!» ordnete Lilo an.

So geschah es dann auch.

Mannhardt hatte die ganze Zeit seine Tochter beobachtet, und er ließ sie auch jetzt beim Kaffeetrinken nicht aus den Augen. Aber er konnte nichts entdecken. Sie saß neben ihrer Cousine Imke und hielt das Gesicht in die Sonne, die Augen zugekniffen ... Sein Sohn hatte sich schon abgesetzt und spielte drüben beim Nachbarn Tischtennis.

«In welche Diskothek wollt ihr denn heute abend?» fragte Mannhardt.

Die beiden Mädchen waren maulfaul.

«Wieder in die gleiche?»

«Dieselbe sogar!» sagte Elke.

«Haha!» machte Mannhardt. «Wieder in die Blaue Eule?»

«Hm hm.»

«Ich denke, da war's gestern abend ...» Er suchte nach dem Ausdruck, den Elke heute früh gebraucht hatte: «... schrottig?»

«Zuerst, ja.»

«Aber dann ...»

Sie sah ihn an wie einen armen Irren. «Dann wurd's eben langsam besser.»

Er machte eine imaginäre Tante nach: «Das freut mich aber zu hören, mein liebes Kind!»

«Hans-Jürgen – Telefon!»

«Ich bin nicht da.»

Sein Schwager, den Apparat an der langen Schnur hinter sich herziehend, kam bis zur Terrassentür. «Dienstlich!»

Fluchend ging er hinein und setzte sich, den Rücken gegen ein Sideboard gelehnt, auf den Teppich. «Ja bitte ...?»

Dr. Weber höchstpersönlich.

Einleitungsfloskeln. «Tut mir leid, Herr Kollege, aber siehe § 72 II Bundesbeamtengesetz und § 44 BRRG: Der Berufsbeamte hat während der Dienststunden seine Dienstobliegenheiten mit wachem Interesse zu erledigen. Er ist verpflichtet, über Dienststunden hinaus ohne Entschädigung Dienst zu tun, wenn zwingende amtliche Gründe es erfordern ...»

«Danke», sagte Mannhardt lakonisch und verkniff sich den Zusatz ‹für die Belehrung›. «Was ist denn passiert?»

«Schwerer Unfall auf der Avus, kurz vor der Ausfahrt Hüttenweg. Der Fahrer auf dem Weg ins Krankenhaus verstorben . . .»

«Bengler?»

«Nein, Bengler nicht; aber Sie liegen schon in etwa richtig: Ihr Dr. Hülfenhaus. Sie sollten sich mal kurz umhören . . . Apropos Kurz – noch was: Dieser Uwe Kurz soll gestern abend in einer Diskothek hier gesehen worden sein; der Blauen Eule in der Xantener Straße . . .»

Mannhardt brauchte einige Zeit, um das zu verdauen. Weber redete schon von ganz was anderem:

«Sie wissen, daß Hülfenhaus' zweite Frau Schauspielerin ist?»

«Ja, ich weiß.» Mannhardt murmelte automatisch die passenden Worte und legte dann auf.

Hülfenhaus tot.

Benglers Geißlerbewegung unaufhaltsam auf dem Vormarsch.

Uwe Kurz weiterhin auf der Flucht.

Elke im selben Lokal wie er.

Scheiße . . . Scheiße, Scheiße, Scheiße.

«Was ist denn los?» fragte Lilo.

«Ich muß zur Avus runter . . .»

Als er die Unfallstelle nach einer guten halben Stunde erreicht hatte, hockten nur noch zwei uniformierte Kollegen auf der Leitplanke vor ihrem Streifenwagen. Er hielt in ihrer Nähe, stieg aus und stellte sich vor.

«Total im Eimer, was?» Er deutete auf das Wrack. «Wie isses denn passiert?»

«Keine Ahnung.» Die beiden waren nicht gerade redselig. «Wie das so geht – Gewalt über das Steuer verloren.»

«Bei dem Wetter? Und Rallye-Fahrer ist er auch gewesen . . .» Mannhardt besah sich die Trümmer des smaragdgrünen Porsche 934.

«Und er hat allein dringesessen?»

«Ja. Gleich tot.»

Mannhardt besah sich die Leitplanke. Der Porsche war in einem erstaunlich stumpfen Winkel dagegengeprallt . . . Drei Möglichkeiten gab's: Unfall. Selbstmord. Sabotageakt.

Mannhardt verabschiedete sich von den beiden Kollegen und fuhr am Hüttenweg von der Avus runter. Die nächste Telefonzelle? Erst unten in der Onkel-Tom-Straße fand er eine, die frei war.

Dr. Hülfenhaus wohnte in Dahlem – wo sonst hätte ein Mann wie er auch wohnen sollen? –, beziehungsweise er hatte gewohnt. Und zwar gar nicht weit entfernt: Am Hirschsprung. Er rief an, und es meldete sich eine Haushälterin, noch immer in Tränen aufgelöst. Die gnädige Frau sei nicht hier, sie sei mit Freunden zur Arbeit gefahren, ins Theater, da käme sie am ehesten drüber hinweg. – Und in welches, bitte? – In die ‹Komödie›.

Mannhardt fand sie dann tatsächlich in der Garderobe eines Kollegen, noch immer schluchzend. Er kannte die D. als Schauspielerin recht gut, Lilo schleppte ihn oft genug in die Berliner Theater: Klassefigur, bronzebraune Haut und schwarze Unterwäsche . . . Jetzt wirkte sie blaß und unscheinbar. Er fragte sie nach dem, was zu fragen war.

Ja, antwortete sie, er wollte möglichst schnell nach Ganderkesee kommen, das ist oben bei Bremen, da ist der Flugplatz, und wir haben da eine Zweitwohnung . . . Nein, ich konnte nicht mit – ich hab Ostern über jeden Abend Vorstellungen . . . Nein, mein Mann ist heute beim Frühstück so gewesen wie immer . . . Wer seinen Wagen zurechtgemacht hat? Ich geb Ihnen mal die Adresse; Kurschat heißt der Mann . . .

Kurschat war tatsächlich zu Hause; er sah fern. Er war so stolz auf seine Fachkenntnisse und seine Rennstall-Funktionen, daß er schon wieder ein wenig behämmert wirkte. Ein schwarzhaariger Spinnifax, der offenbar, so klang es, unter anderem auch den ‹Käfer› konstruiert hatte.

Unfall? Wo denken Sie hin; die Schlitten, die von mir gewartet werden, die sind alle okay. Ist noch nie was passiert, wird auch nie was passieren. – Fahrfehler von Dr. Hülfenhaus? Unmöglich, bei dem seinen Rallye-Erfahrungen. – Sabotage? Unmöglich! In unserm Rennstall, da kommt kein Unbefugter an irgend etwas ran. – Selbstmord? Der doch nicht! Bei der Zukunft, die der hatte . . . Und bei dem Geld! Nächstes Wochenende sollte doch die neue Maschine kommen, die WA 80 Piranha, 50000 Mark, 750 Kilo Fluggewicht, 100-PS-Motor. Da hat er sich wahnsinnig drauf gefreut . . . Der hatte doch nur eine Leidenschaft: Rennwagen und Flugzeuge.

Von seinen Frauen mal abgesehen, dachte Mannhardt. «Und wann haben Sie den Wagen zum letztenmal durchgesehen?»

«Gestern abend. Heut früh hab ich ihn nach Dahlem rausgebracht.»

«Aber mit zum Flugplatz sollten Sie nicht, da nach Ganderkesee?»

«Nee, da hamse im Club 'n anderen, der das macht.»

«Hm hm . . . Sind Sie mal mitgeflogen wenigstens?»

«Wer – ich? Mann, da kriegen mich keine zehn Pferde rein, in so 'ne Kiste! Flugangst . . . Ich glaub aber, da war heute früh bei ihm im Garten so'n Typ, der gerne mitwollte.»

«Mit dem Wagen oder mit der Maschine?»

«Weiß ich nich, konnt ich nich genau hören. Aber in die CAP-10, die er oben in Ganderkesee hat, da gehen zwei rein.»

«Ah ja . . .»

«Erst wollte der Typ auch mit, aber plötzlich hat er wohl die Lust verloren. Die ham sich mächtig in die Haare gekriegt.»

«Warum denn das?»

«Keine Ahnung.»

«War's der hier?» Mannhardt zeigte ihm ein Foto von Uwe Kurz.

«Nee, der auf gar keinen Fall. Viel zu jung.»

«Aber der hier vielleicht?»

«Das war er!» rief der Autoschlosser. «Der hat heute früh noch mit Dr. Hülfenhaus gesprochen, halb neune war's oder kurz nach acht . . .»

Zuerst war Mannhardt ziemlich überrascht, und sein bordeigener Computer meldete zunächst nur Kurzschluß; dann aber sagte er sich: warum eigentlich nicht? Bengler wollte am Nachmittag zu seiner Mutter nach Bad Zwischenahn und Dr. Hülfenhaus zum Flugplatz nach Ganderkesee; das war dieselbe Strecke, zumindest bis Bremen. Und der Porsche war um einiges schneller als Benglers Wagen. Was war denn daran ungewöhnlich, daß zwei Kollegen sich eine solche 500-km-Fahrt durch munteres Geplauder verkürzten?

Nichts, wenn nicht dieser Dr. Hülfenhaus so ungemein arrogant und auf Distanz bedacht gewesen wäre . . . Und Bengler hatte ja nicht im Wagen gesessen, als der gegen die Leitplanke geprallt war.

Nun ja; man mußte abwarten, bis die Experten den Schrotthaufen untersucht hatten. Zeit bis nächste Woche also . . . Zeit auch, wieder mal nach Hause zu fahren.

Er kam gerade richtig zum Abendbrot, sie saßen schon alle am Tisch. Vorher aber wollte er noch Dr. Weber informieren, dann hatte er's wenigstens hinter sich.

«Macht nichts», sagte der, offenbar nicht schlecht gelaunt. «Der eine hat die Mühe, der andere schöpft die Brühe. Eben ist ein Fernschreiben aus Bad Zwischenahn gekommen – mysteriöse Duplizität der Ereignisse, und keiner wird's uns glauben: Bengler ist mit dem Wagen verunglückt . . . Chausseebaum. Sieht ganz nach 'nem Selbstmordversuch aus.»

Danach V

Wir stehen endlich vor dem ehemaligen Betsaal der Gemeinschaft der Bußfertigen in der Schlüterstraße. In einem der Schaukästen noch immer Bilder von Bengler, umrahmt von Sprüchen in gotischen Lettern. Offenbar noch immer kein neuer Pächter.

«Sieht wirklich wie'n Asket aus», sage ich zu Mannhardt. «War er einer?»

«Ja und nein. Seine Verlobte, seine Ex-Verlobte, meint zwar, die Fleischeslust hätte ihn nur sehr selten übermannt – andererseits: Warum sollte dann diese Marietta so wild auf ihn gewesen sein?»

«Hat er denn von seinen Brüdern und Schwestern einen asketischen Lebenswandel verlangt?»

«Gleichfalls: ja und nein.»

Ich werde langsam ärgerlich. «Vielleicht erklärst du mir mal, wie ich meinen Lesern einen solchen Mischmaschmenschen wie diesen Bengler verkaufen soll? Da ist doch alles bloß immer fließend, da kann man doch nichts richtig festklopfen.»

«That's life.»

«Da hast du zwar ein großes Wort gelassen ausgesprochen, aber . . .»

«Innere Widersprüche, Dialektik – da reitest du doch sonst immer drauf rum.»

«Ich schreib ja meine Reportage nicht für mich oder für's Dritte Programm.»

«Schön und gut: Natürlich hat er ihnen Enthaltsamkeit und so was gepredigt und gegen Sünden aller Art gewettert. Aber gleichzeitig muß er sich doch auch mächtig freuen, daß seine Leute welche begehen, also dauernd gegen irgend etwas verstoßen, das gerade tabu ist – sonst hätte ja niemand was zum Büßen und er kein Geld in der Kasse . . .»

«. . . und keine Macht über sie», ergänze ich. «Logisch. Aber eins versteh ich immer noch nicht ganz: Wie in diese altväterliche Sekte – und das waren doch die Bußfertigen zu Beginn des Jahres noch – plötzlich der Fanatismus reingekommen ist, diese Wiedererweckung der Geißlerbewegung.»

«Das war vor allem der junge Hirsekorn. Der hat die Zeit genutzt, als Bengler im Gefängnis war. Und dann die Altersstruktur, die hat sich doch ziemlich schnell geändert: Auf einmal kamen überwiegend Junge und Ausgeflippte. Und außerdem sind ja im Augenblick die ganzen mystischen Kulte mal wieder *in.*»

«Dann ist das also alles irgendwie gegen Benglers Willen so gelaufen – Überschrift: Eigendynamik der Sekte?»

«Ja und nein . . .»
Ich stöhne nur.
«Dafür war er wegen der großen Publicity und seiner hysterischen Neurose, dagegen wegen seiner Buchhalterseele und seinem Wunsch, was Seriöses zu sein.»
«Aber ein Zurück gab's ja wohl nicht mehr . . . Wer die Leute so anheizt, verliert sie auch irgendwann mal aus dem Griff.»

9

Lasset euch nicht verführen! Ich aber habe mich wieder verführen lassen; in der Woche vor dem Osterfeste hat meine Sucht nach Größe mich wieder fortgerissen. Dieses Triebhafte in mir – um wieviel stärker war es doch als mein fester Wille zur ausgleichenden Buße! Zu groß war die Versuchung, am Karfreitag vor dieser Menge Menschen zu predigen. Andererseits – vielleicht war es einzig und allein die Vorbereitung dieser Veranstaltung, die mich davon abgehalten hat, einen Menschen zu ermorden – so wie ich's Mannhardt angedroht hatte . . .

Am Karfreitag habe ich erfahren, was es heißt, Macht über Menschen zu besitzen – und sie alsbald wieder zu verlieren. Unser Betsaal war bis auf den letzten Platz gefüllt, die Zuletztgekommenen mußten in den Gängen stehen. Es mögen an die siebenhundert Gläubige gewesen sein. Zu unserm Glück hatte sich Bruder Hirsekorns Information im Hinblick auf eine einstweilige Verfügung als falsch erwiesen. Gekommen waren viele junge Menschen. Ihre farbenfrohe Sommerkleidung prägte das Bild. Eine ungeheure Spannung hing im Saal, als ich auf die Kanzel stieg, ein jeder erwartete etwas Außergewöhnliches, etwas, das es in seinem bisherigen Leben noch nicht gegeben hatte: den Sprung in eine andere Dimension. Ich hatte Angst davor, sie durch die Kraft meiner Worte in diese andere Dimension hinüberzuwerfen – wenn sie nun nicht mehr zurückkehren konnten? Aber ich hatte auch Angst davor, es nicht zu schaffen, sie, die um eines neuen Erlebens willen gekommen waren, zu enttäuschen. Als die Orgel verklungen war, fühlte ich mich so unsagbar schlaff, daß mich Bruder Hirsekorn stützen mußte.

Dann stand ich oben auf der Kanzel, ohne zu wissen, wie ich dorthin gekommen war. Blaß, zitternd, ohne Stimme. Ich hatte mein Manuskript vor mir liegen, aber ich war nicht mehr in der Lage, die vorbereiteten Sätze zu lesen. Bruder Hirsekorn machte eine verzweifelte Geste: Los, fang an! *Ich hatte ein merkwürdiges Bild vor Augen: Mein Bandgerät war eingeschaltet, ich wartete auf die Stimme eines Menschen, der mir ungeheuer viel bedeutete – aber das Band war plötzlich leer . . . Panik erfaßte mich; ich sammelte meine letzten Kräfte, um durch den Notausgang auf die Straße zu stürzen . . . Ich war weder berufen, noch war ich auserwählt – ich war gescheitert. Schon flackerte allenthalben Gelächter auf. Hinten links standen viele Spötter, viele Provokateure: Leute von der linken Szene, Bohemiens, Rocker. Einer schrie: «Knipst doch mal den Heiligenschein an, eher kann der nich!» Andere brüllten: «Hol doch mal die Peitsche raus, vielleicht geht's dann!» Das rettete mich, plötzlich war alles in mir erwacht. Ich donnerte in den Saal:*

«Aber der Herr ist in seinem heiligen Tempel. Es sei vor ihm still alle Welt!»

Augenblicklich verstummten die Spötter, und schon mit den nächsten Worten gelang es mir, sie alle zu packen. Ich malte ihnen die Ängste aus, von denen sie allesamt beherrscht und aufgefressen werden: «Krankheit und Tod bedrohen uns, Gewalt und Verbrechen. Und warum ist das so? Geht mir mit all den wissenschaftlichen Erklärungen!» Dann kam ich darauf zu sprechen, daß die Bibel diese unsere Qualen schon lange vorausgesagt hat: «Seht doch nach bei Matthäus 24: ‹Ihr werdet hören von Kriegen und Kriegsgeschrei; sehet zu und erschrecket nicht. Denn das muß so geschehen; aber es ist noch nicht das Ende. Denn es wird sich empören ein Volk wider das andere und ein Königreich wider das andere, und werden sein teure Zeit und Erdbeben hin und her. Das alles aber ist der Anfang der Wehen.›» Nach kurzem Atemholen fuhr ich fort: «Oder seht nach im zweiten Brief des Paulus an Timotheus: ‹Das sollst du aber wissen, daß in den letzten Tagen werden greuliche Zeiten kommen. Denn es werden die Menschen viel von sich halten, geldgierig sein, ruhmredig, hoffärtig, Lästerer, den Eltern ungehorsam, undankbar, gottlos, lieblos, unversöhnlich, Verleumder, zuchtlos, wild, ungütig, Verräter, Frevler, aufgeblasen, die die Lüste mehr lieben als Gott . . .›» Mit donnernder Stimme habe ich ihnen diesen Katalog ihrer Sünden entgegengeschleudert. Die Erregung der Leute wuchs. Die ersten rissen sich Hemden und Blusen auf. Sie alle spürten, daß das Böse, das Dämonische irgendwie faßbar in ihrem Körper wohnte, wie Eiter in ihrem Blute schwamm, jederzeit auszustoßen war. «Der Teufel», schrie ich, «ist keine Märchengestalt, er existiert wirklich – in uns allen!» Und dann sagte ich ihnen, daß Gott mir den Auftrag erteilt hatte, die Menschen zur Buße anzuhalten und sie dahin zu bringen, den Teufel in sich selbst abzutöten. «Wir, die wir hier versammelt sind, sind die ausgewählten Vorkämpfer eines neuen, friedvollen Menschengeschlechts. Der Herr, der Frieden geben wird, hat uns aufgetragen, Buße zu tun und den Satan in uns zu zermalmen!»

In diesem Augenblick, da ich gerade beginnen wollte, die Gläubigen mit dem vertraut zu machen, was die Gemeinschaft der Bußfertigen ihren Sündern an Strafen auferlegte, wurde Bruder Hirsekorn von einem wilden Zucken seiner Glieder gepackt. Er gab furchtbare Töne von sich, schrie auf wie unter der Folter und riß sich die Kleidung vom Oberkörper. Im Nu sprang der Funke ins Auditorium über. Einige Frauen begannen zu kreischen und warfen sich zu Boden. Männer schlugen mit Fäusten aufeinander ein. Überall schrien sie, daß sie vom Teufel befreit werden wollten. Ich stand dem völlig hilflos gegenüber, die Wogen schlugen über mir zusammen. Niemand hörte mehr auf meine Worte. Der eigentliche Geißlerumzug begann aber erst, als Hirsekorn das Kabel meines Mikrofons aus der Wand gerissen hatte und sich damit die Schultern blutig schlug. Dabei hatte er die Bibel aufgeschlagen, schwenkte sie und schrie immer wieder den einen Satz aus dem Buch Hiob in die außer sich geratene Menge:

«Und nachdem diese meine Haut zerschlagen ist, werde ich ohne mein Fleisch Gott sehen.»

Dann hatte er plötzlich eine Hundepeitsche in der Hand und stürzte auf die Straße, und ungefähr ein halbes Hundert meiner Zuhörer folgte ihm. So zogen sie durch die Straßen und geißelten sich mit Fahrradketten, Stuhlbeinen, Lederriemen und anderen Gerätschaften; Alkohol mochte auch im Spiel gewesen sein. Ich flüchtete mich in meinen Wagen und fuhr davon.

So stand es in Benglers Tagebuch. Und genauso erzählte er es Mannhardt, ins Umgangssprachliche übersetzt. Mannhardt sah ihn an, ratlos, wie ihm schien.

«Warum erzählen Sie mir das alles?» fragte der Polizist. «Erst Ihr siebenunddreißigstes Geständnis und jetzt Ihr Karfreitagszauber – was soll das?»

«Weil . . .» Bengler seufzte. «Weil es zusammengehört. Weil sich meine Tat daraus erklärt . . .» Wie konnte er diesen Bullen überzeugen?

Es wächst mir alles über den Kopf. Zwar bin ich in der Lage, ein Feuer zu entfachen, aber bin ich auch der Mann, der es dann unter Kontrolle zu halten vermag? Zweifel über Zweifel. Dies ist der eine Grund, weswegen ich so unsicher bin und so verwirrt. Der andere wiegt aber möglicherweise noch schwerer: die Stimme meiner Vernunft, die mir ununterbrochen zuflüstert, daß dies alles doch Humbug sei, daß nicht Gott die Menschen, sondern die Menschen sich Gott gemacht hätten. Verwerfe ich dies und habe den Eindruck, von der Existenz Gottes wieder überzeugt zu sein, so habe ich sofort die Worte vor Augen, die bei Jeremia im Hinblick auf die falschen Propheten geschrieben stehen: «Sie predigen euch falsche Gesichte, Deutungen, Abgötterei und ihres Herzens Trügerei.» Ihres Herzens Trügerei . . . Dies trifft mich zweifellos am meisten, nimmt es doch meine ganze verdammte Sucht nach Größe schon vorweg. Wie auch immer – ich bin in eine Sackgasse geraten. Ich kann nicht mehr, weder körperlich noch psychisch. Ich zerfalle langsam, aber sicher. Sie müssen mich verurteilen, sie müssen mich ins Gefängnis stecken! Anders läßt sich der Mord nicht sühnen, hinter dem all dies steht. Aber ohne die Gemeinde der Bußfertigen hätte ich Jerxheim nicht erschlagen – und jetzt will ich, jetzt muß ich büßen, damit mein Konto wieder ausgeglichen ist.

«Hm . . .» machte Mannhardt. Das war sein einziger Kommentar, er wechselte das Thema. «Um noch mal darauf zurückzukommen – Sie sagen also, Sie sind zu Dr. Hülfenhaus nach Dahlem rausgefahren, um ihn zur Rücknahme seiner Ihrer Meinung nach falschen Aussage zu bewegen?»

«Ja.»
«Aber ohne Erfolg?»
«Ja, ohne Erfolg.»
«Wo haben Sie ihn denn gesprochen – genau?»
«Vor seinem Wagen, als er gerade einsteigen wollte.»
«Hat er Sie nicht mitnehmen wollen? Derselbe Weg . . .»
Bengler überlegte einen Augenblick. «Im ersten Augenblick – vielleicht. Dann aber nicht mehr.»
«Weil er sauer auf Sie war?»
«Ja – ihn auch zu Hause noch zu behelligen.»
«Weiter haben Sie zu ihm nichts gesagt – nur, daß seine Aussage falsch sein müsse?»
«Nein, nichts weiter.»
«Und Sie waren – ich wiederhole Ihre Aussage von vorhin noch mal – auch nicht in Hülfenhaus' Porsche drin und haben da was angefaßt?»
«Nein.» Bengler wußte nicht genau, worauf Mannhardt hinauswollte. «Ich war doch der letzte, der an Dr. Hülfenhaus' Tod ein Interesse haben konnte: Jetzt kann er doch seine Aussage nie mehr zurücknehmen.»
Mannhardt nickte. «Und weil er nein gesagt hat, waren Sie so durcheinander, daß Sie dann auf dem Weg zu Ihrer Mutter, auf dem Weg nach Bad Zwischenahn, gegen den Baum gefahren sind? Kein Selbstmordversuch?»
«Nein, nein! Das war nichts weiter als ein simpler Unfall. Ich bin völlig fertig, verstehen Sie das doch! Ich kann mit dieser Tat nicht leben, aber keiner nimmt sie mir ab.»
Mannhardt malte Männchen aufs Papier. «Ihre Unterredung mit Dr. Hülfenhaus . . . Komisch, daß Dr. Hülfenhaus hinterher auch so ziemlich durcheinander war. Die Experten führen den Unfall eindeutig auf einen Fahrfehler von ihm zurück. Und das bei seiner Rallye-Erfahrung . . . Na, egal; ich geh jetzt essen.»
Bengler fühlte sich abrupt verabschiedet. Er stand auf und verließ das düstere Gebäude in der Keithstraße. Er war jetzt um so niedergeschlagener, als er im Verlauf der Unterredung doch immer wieder gehofft hatte, Mannhardt werde von seiner starren Haltung ablassen. Irgendwie schien er offener geworden zu sein, schien zu schwanken. Immerhin hatte er noch mal eindringlich mit Herrn Schwarz gesprochen. Aber der war bei seiner Behauptung geblieben. Das hatte Mannhardt wieder umkehren lassen. Vielleicht wäre alles ganz anders und viel besser gelaufen, wenn sich Uwe Kurz endlich im Gewahrsam der Polizei befunden hätte. Aber seit dem Abend in der Blauen Eule gab es keine Spur von ihm, so daß Mannhardt offenbar automatisch von seiner Täterschaft ausging. Und das war klar: Wenn Kurz der Täter war, konnte es Bengler nicht sein. Wie konnte man bloß an Uwe Kurz herankommen?
Bengler ging zum Wittenbergplatz hinüber und überlegte einen Au-

genblick, ob er im KaDeWe zu Mittag essen sollte. Die halbe Stunde, die er dann später ins Büro zurückkehrte, die spielte auch keine Rolle mehr.

Bengler ging weiter, die Tauentzien hinunter. Zum Essen war's doch noch zu früh. Er fand es gut, mal wieder zu Fuß durch die Stadt zu gehen: Europa-Center, Gedächtniskirche, Kudamm. Seinen schrottreifen Wagen hatte er gleich in Bad Zwischenahn gelassen, einen neuen mochte er nicht bestellen in dem Schwebezustand, in dem er sich jetzt befand. Außerdem hatte er das Geld nicht.

Er kam nicht los davon. Auch schien es ihm, als würden sich die Leute immer wieder nach ihm umdrehen. Die vielen Bilder und Berichte hatten offenbar ihre Wirkung getan. Aber jetzt, wo er das heißersehnte Ziel erreicht hatte, genoß er diesen Zustand des Prominentseins gar nicht so recht, denn immer wieder hörte er diese innere Stimme: *Du bist ein Mörder . . .* Zugleich freute er sich, daß er sie hörte, bewies sie doch, wie gut sein Gewissen noch funktionierte, wie er noch hoffen konnte, mit der Welt und sich wieder ins reine zu kommen.

Er ging zur stillen Andacht in die bläuliche Kuppel der neuen Gedächtniskirche hinein, und während er betete, glaubte er die Worte zu hören, die Jesus gesprochen hatte und die in der Offenbarung des Johannes wiedergegeben waren: Ich bin dazu geboren und in die Welt gekommen, daß ich für die Wahrheit zeugen soll. Wer aus der Wahrheit ist, der höret meine Stimme . . . Und er schwor sich, nun erst recht und mit all seiner Kraft für eine gerechte Strafe zu kämpfen.

Momente wie diese erschütterten ihn immer stark, und so trat er ziemlich erschöpft wieder ins Freie. Sekundenlang wußte er nicht, wo er eigentlich war. Seine Sehnsucht nach der Ruhe und der Geborgenheit einer Gefängniszelle wuchs ins Unermeßliche. Wieder spielte er mit dem Gedanken, eine zweite Straftat zu begehen, um endlich Erlösung zu finden. *Hier, jetzt, sofort!* Ein verlockender Gedanke. In zwei Minuten konnte alles vorbei sein.

Er blieb stehen. Er hatte ein Taschenmesser bei sich. Er klappte es auf. Er brauchte es nur einem der Vorbeieilenden in den Rücken zu stoßen . . .

Er schaffte es nicht. Er keuchte; Schweiß lief ihm den Rücken hinunter. Was dann? Eine Bank überfallen, ein Juweliergeschäft . . . Er ging bis zur Uhlandstraße hinauf, bis zum Maison de France. Da war eine Bankfiliale drin.

Dann stand er in der Schalterhalle. Aber er hatte keine Pistole, nicht mal eine Attrappe. Er ging wieder auf den Kudamm hinaus.

Es war sinnlos, er schaffte es nicht.

Er blieb vor dem Schaukasten eines der beiden Boulevardtheater stehen, die die Passage des Kudamm-Karrees flankierten. Da war ja wieder Hülfenhaus' Frau, die D. in ihrer schwarzen Reizwäsche auf einem Hochglanzfoto. Ob er mal ins Theater hineinging? Vielleicht probten sie gerade ... Er traute sich nicht.

Erst wollte er auf die Schauspielerin warten, dann ging er doch weiter ins Maredo und aß ein Steak mit mexikanischen Bohnen. Wenn Hülfenhaus ihretwegen Selbstmord begangen hatte, dann ging sie mit dieser Tatsache bestimmt nicht hausieren.

Trotzdem – er kam von dieser Frau nicht mehr los. Diese Figur, diese Schenkel! Es schien ihm auf einmal unendlich lange her zu sein, daß er zuletzt mit Edith geschlafen hatte – und seine Ex-Verlobte war nie viel mehr gewesen als das berühmte steife Brett. Dagegen diese D. – was mußte die drauf haben! ... Er registrierte genau, wie er von Minute zu Minute mehr überdrehte, immer mehr in einen psychischen Ausnahmezustand geriet, der eigenen Kontrolle entglitt. Verbunden damit wuchs seine sexuelle Energie; doch wohin damit? Vielleicht Marietta? Mal sehen ... Und um ihn herum eine Schar appetitlicher Serviererinnen; überaus kurz die Röcke, neue Modetrends mißachtend.

Er zahlte an der Kasse, stand wieder draußen auf dem Kudamm, ließ sich treiben. Zurück zur Komödie, wo er das Bild der D. gesehen hatte. Ein Versuch kostete nichts. Den Anknüpfungspunkt hatte er ja: Dr. Hülfenhaus und das Alibi. Er setzte sich ins Theater-Café und wartete.

Nach dem zweiten Bier kam sie. Er sprang auf und lief auf sie zu. Sie erschrak, erkannte ihn nicht.

«Entschuldigen Sie», sagte er mit belegter Primanerstimme, «mein Name ist Bengler ... Jerxheim KG. Wenn Sie Ihren Mann aus dem Geschäft abgeholt haben – Sie müssen mich schon mehrmals gesehen haben ...»

«Ach ja ...» Sie schien sich zu erinnern.

Sie standen inmitten der Passage, und an ihnen vorbei strömten Dutzende von Studenten ins Freie. Im Hochhaustrakt des Kudamm-Karrees waren, so hatte er vorhin beim Warten gelesen, die Verwaltungsschule und die Fachhochschule für Verwaltung untergebracht. Viele der angehenden Beamtinnen waren wesentlich attraktiver als Hülfenhaus' Witwe – die D. erschien ihm jetzt eher klein und mickrig.

«Sie kennen doch meinen Fall», sagte er schnell, «hat Ihnen Ihr Mann nicht gesagt, warum er mir das Alibi ...?»

«Nein ... Nein, wirklich nicht.»

Sie tat ihm leid: eine kleine, ängstliche Amsel, die sich nicht in die Enge treiben und fangen lassen will ... «Hat er sich denn niemals zu geäußert?» Es fiel ihm schwer, beharrlich zu bleiben.

Sie grüßte einen Kollegen, der nebenan am Kiosk nach einer Zeitung suchte, und dies schien ihr Mut zu geben. «Um ehrlich zu sein: Ich hab's nicht so recht verstanden. Er hat sich ein paarmal sehr abfällig über Sie geäußert, nie viel von Ihnen gehalten. Und auf dem Flugplatz neulich, da hat er einen Monteur, der sich ein bißchen was hat zuschulden kommen lassen, auf der Stelle gefeuert. Den hat er fallenlassen – Sie hat er gehalten.»

Bengler wagte es, so unflott war sie denn doch nicht, und genoß das Prickeln des Hasardspiels: «Vielleicht können wir noch ein bißchen darüber reden. Ich darf Sie doch nach Hause begleiten . . .?»

Sie sah ihn kalt und unbeteiligt an. «Ich glaube nicht, daß Ihre Mittagspause dazu gedacht ist.» Sie wandte sich ihrem Kollegen zu. Der legte den Arm um sie und trat mit ihr auf den sonnenüberfluteten Boulevard hinaus.

Bengler verharrte regungslos und flüsterte: «Das wirst du mir noch mal büßen!» Trotz der Gemeinschaft der Bußfertigen und trotz der Geißlerumzüge in Berlin und anderswo, die doch genügend Aufsehen erregt hatten, war er von ihr wie ein Niemand, wie ein Nichts behandelt worden. Wieder stieg der brennende Wunsch nach Allmacht in ihm auf, das alte Feuer begann wieder zu lodern.

Und dabei wußte er genau, daß es ihn auffressen würde, wenn es ihm nicht gelang, es wirksam zu zügeln . . . *Herr, schenke mir Ruhe und inneren Frieden!*

Er setzte sich wieder ins Theater-Café und bestellte sich einen Whisky. Die Serviererin glich jenen Kammerkätzchen, die nebenan auf den Boulevardbühnen die *upper class*-Besucher hereinführten oder der gnädigen Frau den Chinchilla brachten. Vielleicht wußte sie was. Er zahlte, gab drei Mark Trinkgeld und fragte nach dem Privatleben der D.

«War das nicht der . . .?» Er wartete, bis sie das davonschlendernde Paar erspäht hatte und seine Vermutung bestätigte. «Ist sie jetzt mit dem liiert?»

«Wegen dem will sie doch wieder von ihrem Mann weg. Was meinen Sie, warum der mit'm Auto geg'n Baum gefahr'n is?»

Bengler registrierte es und verließ das Kudamm-Karree. Mit schnellen Schritten lief er durch die Straßen, um sich müde zu machen, und wäre beim Überqueren der Kantstraße fast überfahren worden. Schließlich war er fester denn je entschlossen, ins Gefängnis zu gehen und sich dort von seiner krankhaften Ruhmessucht zu kurieren.

Im Büro angekommen, sah er Frau Hirsekorn am großen Zerreißwolf hantieren. Wahrscheinlich vernichtete sie all die vielen Bank- und Postschecküberweisungen, die sie im Laufe des Vormittags falsch ausgeschrieben hatte.

«Ich bin noch geblieben, bis Sie zurück sind», sagte sie.

Bengler hatte Angst, daß sie nun wieder endlos lange über ihren Mann jammern würde, dessen Rolle als Geißler sie, seitdem das Ganze diese Dimensionen angenommen hatte, gar nicht mehr gut fand. Aber sie beließ es diesmal beim neusten Firmenklatsch, und Bengler hörte gar nicht mehr hin, bis sie zum Schluß, schon die Klinke in der Hand, auf Marietta zu sprechen kam.

«Wissen Sie schon, daß die Ronnets jetzt was mit Herrn Schwarz haben soll? Die sollen am Wochenende zusammen in Kopenhagen gewesen sein.»

Bengler hatte das Gefühl, von einer unsichtbaren Faust nach hinten geschleudert zu werden. Als er wieder klar denken konnte, saß er auf seinem Schreibtisch. Frau Hirsekorn war längst verschwunden.

Marietta. Nicht nur, daß er unheimlich scharf auf sie war und um alles in der Welt endlich einmal mit ihr schlafen wollte – da war mehr. Sicher, er wollte freiwillig ins Gefängnis, um mit sich und der Welt und vor allem mit Gott wieder ins reine zu kommen, aber zugleich hatte er eine instinktive, tiefsitzende und sicher auch berechtigte Angst vor diesen Jahren im Gefängnis, und Marietta war wohl seine letzte Chance, dem allen wieder zu entgehen. Wenn er mit ihr schlief und sie sich einig wurden, heirateten, eine Familie gründeten ...

Er lief nach unten, um mit Marietta zu sprechen, aber das Vorzimmer war leer. Dafür hörte er Stimmen. Nebenan. Jerxheim junior und Herr Schwarz. Die gepolsterte Tür war nicht ganz geschlossen. Bengler lauschte unwillkürlich, als sein Name fiel.

Jerxheim junior: Haben Sie schon gehört? Der Bengler fängt wieder damit an, daß er's gewesen sein will.

Schwarz: Das ist doch nicht ernstzunehmen, das gibt sich auch wieder.

J: Unser guter Ruf!

S: Wenn er geht und auspackt, dann ...

J: Ist er nun der Mörder meines Vaters, oder ist er's nicht? Ist er's, dann kann ich ihn doch keinen Tag länger hierbehalten!

S: Warten Sie doch wenigstens so lange, bis sie diesen Uwe Kurz gefaßt haben. Das ist doch der eigentlich Verdächtige.

J: Suchen Sie nach was Juristischem, daß wir Bengler kündigen können – fristlos, wenn's geht. Wenn er meinen Vater auch nicht getötet haben sollte, auf alle Fälle hat er ihn durch diese verdammte Sekte ins Gerede gebracht. Ich kann den Kerl nicht mehr sehen!

S: Ich achte das, was Sie sagen, Herr Jerxheim, ich habe vollstes Verständnis dafür, glauben Sie mir, aber bitte bedenken Sie doch auch, daß Herr Bengler ein hochqualifizierter Fachmann ist, in dieser Branche. In einer solch kritischen Situation wie der jetzigen, dieser Umbruchsituation hier, da scheint es mir nicht so ganz opportun zu sein, ihn ... Das wäre die dritte tragende Säule der Firma innerhalb eines Monats, die ...

J: So gut ist er wohl auch wieder nicht!

S: Immerhin, wenn ich mir die Bemerkung gestatten darf ...

J: Meine Uni-Aufgaben, ja ... Trotzdem, ich will mal Benglers Vorgänger fragen, ob der wieder zu uns zurückkommt ... Rothkirch. Der ist jetzt in Neugablonz.

In dieser Sekunde schrillte Mariettas Telefon, und Bengler sprang auf den Flur hinaus.

Vielleicht war er morgen arbeitslos ... Und noch ernährte die Gemeinschaft der Bußfertigen ihren Fährmann nicht. Im Gegenteil – jetzt, wo die Geldquelle Jerxheim senior versiegt war, herrschte eine große Ebbe in den Kassen. Trotz des unglaublichen Aufschwungs – die Kollekten reichten nicht, um all die Ausgaben für Saalmieten und PR-Arbeit zu decken. Noch fehlten die großen Mäzene. Und es war viel zu früh, die einfachen Mitglieder um größere Opfer anzugehen.

Wieder ein Grund für Bengler, ins Gefängnis zu gehen. Sosehr er die Sekte auch benutzen wollte, um groß oder gar unsterblich zu werden, der Gedanke, schmarotzend von ihr zu leben, was das Materielle betraf, widerstrebte ihm irgendwie. Das vertrug sich nicht mit seinem Selbstwertgefühl.

Er kehrte in sein Büro zurück und stand dann minutenlang auf der Schwelle zu seinem angedeuteten Balkon, die linke Hand um das nur locker in der Wand verankerte Geländer gekrampft. Sechs Stockwerke. Unten, spielzeughaft, die Straße. Wenn er jetzt sprang, dann waren alle seine Probleme gelöst. Und wenn es diesen Gott, dem zu dienen er versprochen hatte, wirklich gab, dann würde der ihn verstehen und würde ihm verzeihen können . . .

Aber er sprang nicht.

Bengler fiel auf seinen Drehstuhl und zwang sich zur Arbeit. Das Ziel war klar, nur – er sah keinen Weg, es zu erreichen. Schwarz würde, wie er eben klar zu erkennen gegeben hatte, unbeirrt an seiner Aussage festhalten; und damit bestand auch für Mannhardt keinerlei Anlaß, den einmal eingeschlagenen Kurs wieder zu revidieren.

In den nächsten anderthalb Stunden kam Bengler tatsächlich wieder ein wenig zur Ruhe, denn die Arbeit, die es heute zu erledigen galt, bestand neben der täglichen Routine unter anderem auch in der Ermittlung des Beleihungswertes und der Beleihungsgrenze des Hauses Kohinoor. Jerxheim junior wollte das Geschäft ausdehnen und brauchte, da es mit der Selbstfinanzierung nicht weit her war, fremde Gelder – und die wollten die Banken durch Grundpfandrechte gesichert haben. Er machte sich an die durchschnittliche Berechnung des Gebäudewertes:

$$\frac{\textit{Feuerkassenwert} \times \textit{Bauindex} \times (100 - \textit{bisherige Nutzungsjahre})}{100 \times 100}$$

Aber das war's noch nicht; zur genaueren Wertbestimmung hatte er noch eine Reihe recht komplizierter Fragen zu beantworten, etwa: Umschloß das Gebäude Bauausführungen oder Einrichtungen, die man als besondere Werterhöhungen ansehen konnte? Wies das Haus einen Zustand auf, der eine höhere oder geringere Abschreibung rechtfertigte? Zu ihrer Beantwortung waren Berge von Akten zu bewegen.

Er war mittendrin in der Arbeit, als das Telefon klingelte. Unwirsch nahm er ab und beließ es bei einem fast gebellten: «Bitte . . .?»

Auch das noch: seine Mutter! Jetzt kam sie sicherlich mit all ihren endlosen Vorhaltungen.

«. . . du, ich bin mitten in einer wichtigen Besprechung!» Nur gleich einen Riegel vorschieben.

Keine Frage nach seiner Gesundheit, nach Unfallfolgen. «Ich wollte dich ja auch nur schnell an meine Brosche erinnern», sagte sie. «Ist die immer noch nicht da?»

«Nein, du, ich . . .»

Nun vorwurfsvoll: «Du weißt doch, daß Tante Lotte nächsten Monat Geburtstag hat, und ich wollte sie doch überraschen. Genau solche hatte ihr doch ihr erster Verlobter geschenkt, damals, 1932, und ich hab sie dann 46 gegen Speck und Butter eingetauscht. Und wenn ich nun am Geburtstag damit ankomme und . . .»

«Ist gut, ich kümmere mich gleich mal darum», sagte Bengler. «Ich ruf dann heute abend zurück.»

«Wenn man sich schon mal auf dich verläßt . . .»

Sie blieb verschnupft, und als er mit der Berechnung des Beleihungswertes fertig war, suchte er tatsächlich seine Bestellung heraus. Es handelte sich um eine Firma in Oldenburg, die sich auf das Kopieren großmütterlicher Schmuckstücke geworfen hatte. Neben anderem natürlich. Nostalgie.

Er fand den Vorgang. Die Brosche für seine Mutter hatte er schon vor Ostern bestellt. Firma Diamantina, 2900 Oldenburg. Merkwürdig, daß die sich noch nicht gemeldet hatten. Auch wenn man die gewünschte Brosche wirklich nicht mehr am Lager hatte, dann ließ man doch einen kurzen Schrieb los und bot seinen Kunden irgendwas Ähnliches an. Schließlich hatte die Jerxheim KG erst im Februar für mehr als 40000 Mark bei der Diamantina gekauft. Er erinnerte sich noch ganz genau an die Rechnung damals.

Ein Griff – und er hatte sie. In der Tat; Dr. Hülfenhaus hatte die Rechnung abgezeichnet: *sachlich richtig* und *Lieferung vorgenommen.* Und er, Bengler, hatte den Betrag auch prompt überwiesen: Deutsche Bank, Oldenburg. Am besten, er rief die Brüder gleich mal an und machte etwas Dampf dahinter . . . Er meldete das Gespräch an.

«Tut mir leid», sagte die Telefonistin nach einer Weile, «aber unter der angegebenen Nummer» – sie wiederholte sie langsam – «meldet sich niemand.»

«Zu der Tageszeit?» brummte Bengler. «Na ja . . . Vielen Dank dann.» Während die Dame unten ein paar tröstende Worte sprach (. . . später noch mal versuchen . . .) und er den Hörer schon wieder auflegen wollte, packte ihn der große Zorn. «Moment noch! Verbinden Sie mich doch bitte mal mit Bad Zwischenahn, 04403 . . . Haben Sie?» Er wartete, bis sie die Vorwahl wiederholt hatte und nannte ihr dann den Anschluß seiner Mutter. Während des Gesprächs mit der Telefonistin hatte er plötzlich realisiert, daß Oldenburg und Bad Zwischenahn keine zwanzig Kilometer voneinander entfernt waren: Sollte die Gute sich doch gefälligst 'ne Taxe chartern und ihre Scheißbrosche selber in Empfang nehmen! Den ganzen Tag nichts zu tun haben und dann anderen Aufträge erteilen . . .

Er gab ihr die Adresse der Diamantina, Gaststraße 28, und machte ihr die Sache möglichst schmackhaft. «Du brauchst nur Jerxheim KG zu sagen und meinen Namen nennen . . . Ist doch besser so: hast du sie gleich und kannst dir vielleicht noch 'ne bessere aussuchen. Die paar Mark Taxe – bei den Prozenten, die du sparst . . .»

Sie ließ sich auch überreden und sagte, es sei dann wohl am besten, wenn sie gleich losführe.

«Tu das man», sagte er und verabschiedete sich mit ein paar muffligen Worten. Uff! Als wenn er keine anderen Sorgen gehabt hätte.

Er machte sich an die Beantwortung der Frage, was mit der Rentabilität des Eigenkapitals der Firma geschehen würde, wenn jetzt neues Fremdkapital eingesetzt wurde. Eine wichtige Rolle dabei spielte ohne Zweifel der durchschnittliche Zins für Fremdkapital (M_1), aber auch die durchschnittliche Verzinsung des außerhalb des Betriebes arbeitenden Eigenkapitals (M_2). Ergab sich also, wenn er sich recht erinnerte, die Rentabilitätskomponente R aus der Gleichung $R = M'_2 - M'_1$.

Gleich einem Goldsucher wusch er die Zahlen, die er brauchte, aus dem Flußsand seiner Unterlagen. Jeder Fund beglückte ihn. Er war so vertieft in seine Berechnungen, daß er fast das Telefon überhört hätte.

Seine Mutter – aus Oldenburg.

«Was denn nun?»

«Ich steh hier in 'ner Zelle . . .» Sie sprach schnell und atemlos, teils aus Erregung, teils um die Sache nicht zu teuer werden zu lassen. «Du, die Firma gibt's hier gar nicht. Das ist nur ein Schild und ein Briefkasten. Alle vierzehn Tage soll einer kommen und die Post abholen.»

«Diamantina, Gaststraße 28?» fragte er zurück.

«Ja.»

Er ließ den Hörer sinken, starrte ins Leere. Das Haus gegenüber zerfloß zu ockergelben Flächen.

Deswegen also hatten sie ihm das falsche Alibi verschafft . . .

10

Über all die Jahre hinweg war möglicherweise eine sechsstellige Summe zusammengekommen.

Die teils unterkühlt-abgewogenen, teils emphatischen Worte, die sich zu diesem Komplex in Benglers Tagebuch finden, spiegeln noch etwas von der Dramatik dieses Augenblicks wider, wie überhaupt der Entlarvung seiner beiden Vorgesetzten.

Ich konnte und wollte es anfangs nicht fassen, aber aus den ersten wirren Assoziationen wurden schon bald logische Gedankenketten. Nicht zu fassen! Dr. Hülfenhaus' Leidenschaft für die Fliegerei (wie die für Schauspielerinnen) verschlang geradezu Unsummen; sah ich doch auf seinem Schreibtisch die neue FLUG REVUE *liegen und entdeckte beim schnellen Durchblättern eine von ihm rot angestrichene Anzeige, in der man die neue WA 80 Piranha für nicht ganz 50000 DM offerierte. Dies mußte auch für einen Prokuristen der Jerxheim KG ein bißchen zuviel sein, zumal wenn man an seine anderen Zerstreuungen dachte. Darum also die Scheinfirma in Oldenburg. Immer wenn er nach Ganderkesee zum Fliegen fuhr, machte er einen kleinen Abstecher nach Oldenburg – das waren keine dreißig Kilometer –, um seinen Briefkasten zu leeren.*

Und ich Idiot, ich hatte die ganze Zeit über nichts von seinen Unterschlagungen gemerkt! Alles mit der linken Hand gemacht, immer nur die Gemeinschaft der Bußfertigen im Kopf. Und immer pingelig auf Kleinigkeiten geachtet, den Wald vor Bäumen nicht gesehen. Außerdem hatte ich ihnen beiden blind vertraut: Ehrenmänner . . . Na ja – hinterher ist es immer eine Kleinigkeit, die richtigen Lottozahlen zu wissen.

Wie raffiniert sie das alles eingefädelt hatten! Trotzdem: Für Dr. Hülfenhaus konnte die Sache nur so lange gutgehen, bis ein neuer Mann kam, einer, der noch cleverer war als sie – und mit dem wäre ja zu rechnen gewesen, wenn ich wegen der Tötung Jerxheims ins Gefängnis gewandert wäre. Dieser Rothkirch aus Neugablonz, ein alter Hase, eine Koryphäe. Der kannte doch den Laden hier noch von früher her, den hätte so leicht keiner hinters Licht führen können.

Darum also das falsche Alibi. Die Frage ist nur, inwieweit Dr. Hülfenhaus dieser Rettungsaktion wirklich getraut hat. Ob er nicht doch Selbstmord begangen hat, nachdem ich immer stärker darauf beharrte, es gewesen zu sein? Oder vielleicht auch, weil seine Frau ihn verlassen wollte? War es wirklich nur ein Unfall?

Bei Schwarz tappe ich völlig im dunkeln. Hat er lediglich von Hülfenhaus' fingierten Lieferungen gewußt und sich für sein Schweigen Prozente zahlen lassen, oder hat er sich selber auf kriminelle Weise Firmengelder angeeignet? Und wenn ja – warum? Das Motiv vor allem fehlt mir. Ich muß dahinterkommen. Wenn ich Oberkommissar Mannhardt schon Material vorlege – Material, welches beweisen soll, daß und warum Hülfenhaus und Schwarz fortwährend gelogen haben –, dann soll es auch vollständig und in sich stimmig sein. Wie aber kann ich Schwarz überführen?

Den halben Nachmittag über saß er hinter dem Schreibtisch und hing seinen Gedanken nach, nur unterbrochen von Frau Hirsekorn und ihrer unangenehm scharfkantigen Stimme. Das Weib hätte Staatsanwältin werden sollen. Sah aus wie eine Bäuerin, die gerade zum Melken will. Nach Schweiß roch sie auch noch. Ausgerechnet heute war sie länger geblieben; morgens verschlafen . . . Wenn sie bloß nicht so begriffsstutzig gewesen wäre – dauernd mußte sie nachfragen. Außerdem trank sie mehr Kaffee, als daß sie arbeitete. Und wenn sie Kaffee trank, dann wollte sie auch mit ihm plaudern.

«Nun hat ja Jerxheim junior hier endgültig das Kommando übernommen . . .»

«Ja», brummte Bengler.

«Es ist ja alles noch im Fluß . . .»

«Wie schon Heraklit bemerkte.»

«Wer?»

«Ein griechischer Schlagersänger, 550 vor Christi . . .»

Sie ahnte, daß er sie verscheißern wollte, und sie wußte auch, wie sie sich revanchieren konnte. «Wissen Sie schon das Neueste?»

«Nein.»

«Marietta und Herr Schwarz wollen heiraten.»

Das saß. Obwohl sie ja ihren Schmetterball neulich schon vorbereitet hatte: die Mitteilung, die beiden seien nach Kopenhagen geflogen.

Seine Marietta. Es traf ihn viel stärker, als er erwartet hätte. Dieser Schwarz! Aber: Wer zuletzt lacht . . . Dem werd ich die Tour schon vermasseln!

Er wollte gerade zu Herrn Schwarz gehen, als Bruder Hirsekorn das Büro betrat, um seine Frau abzuholen. Die große Narbe, die über der rechten Augenbraue, schimmerte noch immer scharlachrot.

«Da bin ich», sagte er. Als Versicherungsvertreter hatte er flexible Arbeitszeiten.

Der hatte Bengler gerade noch gefehlt. Ausgerechnet heute! Im Nu waren sie in einen endlosen Disput über die Zukunft der Gemeinschaft der Bußfertigen geraten.

«Wenn ihr euch weiter so geißelt, dann verbieten sie uns doch über kurz oder lang», sagte Bengler.

«Nur wenn wir uns bei schweren Sünden geißeln, sind wir glaubwürdig», hielt ihm Hirsekorn entgegen. «Und was meinst du denn, warum die Leute kommen: deswegen doch. Wer's nicht selber tun will, will's wenigstens sehen. Wir sind jetzt *in*.»

So ging es noch eine ganze Weile hin und her, und schließlich lenkte Bengler ein. Er mußte sicherstellen, daß die Gemeinschaft der Bußfertigen fortbestand, wenn er im Gefängnis saß. «Gut, aber es darf nicht wieder zu Exzessen kommen!»

Hirsekorn versprach es, und sie legten die notwendigen Einzelheiten fest.

Bengler sah sich schon auf der Anklagebank. Er mußte einfach, so wie die Dinge lagen, ein gutes Bild abgeben. Ich habe Jerxheim erschlagen, weil er ein böser Mensch war, weil er die Jugend verdorben hat, weil er vom Teufel besessen war. Ich habe den Teufel vernichten wollen. Daß mir das gelungen ist, darüber bin ich glücklich, aber ich trauere um den Menschen Jerxheim, den ich getötet habe – und deswegen will ich meine Buße. Doch lassen Sie, meine Herren Richter, unseren jungen Bruder Kurz seinen Weg ins Gute gehen, er ist schuldlos an allem. Und Bruder Hirsekorn wird mein Werk fortführen, während ich meine gerechte Strafe verbüße und meinen Weg zu Gott suche . . .

Dies alles ebenso selbstsicher wie demütig gesprochen, das mußte Eindruck machen.

Ja, so konnte es, so mußte es laufen.

Aber erst einmal mußte er bei Schwarz im Büro die Belege finden, mit denen er dessen Verfehlungen unwiderlegbar nachweisen konnte; seine wie die von Hülfenhaus. Obwohl bei dem schon die Scheinfirma in Oldenburg reichen dürfte. Außerdem konnte man es so hinstellen, daß er der Unterschlagungen wegen Selbstmord begangen hatte.

Schwarz hingegen lebte noch. Vielleicht war das sogar eine Chance für ihn, vielleicht ließ er sich durch ganz bestimmte Fragen in die Enge treiben. Bengler hatte noch keinen blassen Schimmer davon, wie Schwarz es angestellt haben mochte, die Gelder in seine privaten Kassen umzuleiten. Daß er lediglich mit Hülfenhaus halbe-halbe gemacht hatte, glaubte Bengler nicht . . . Gleichviel, heute abend würde er mehr wissen.

Doch auf dem Weg zu Schwarz traf er im Fahrstuhl mit Marietta zusammen.

Marietta . . .

. . . im knackigen Jeansrock, im flauschigen Pulli, blau-weiß-rot gestreift, in madrasroten Engschaft-Stiefeln – was für hohe Hacken!

Er trank dieses Bild. Es mußte für all die Jahre im Gefängnis reichen.

Leichter Parfüm-Duft.

Sie musterte ihn, und es schien ihm, als wolle sie sagen: schade . . . Da verlor er die Beherrschung. Er umarmte Marietta, genau wie damals nach der Betriebsfeier, und rieb sein schnell erigiertes Glied an ihrem Körper.

Sie schrie auf, sie wehrte sich.

Er ließ nicht nach, er drückte mit einer reflexartigen Bewegung den Nothalt-Hebel nach unten. Ein Ruck, sie hielten zwischen zwei Etagen.

«Ich kann nicht dafür», keuchte er, «du . . .»

Sie ließ sich jetzt mitreißen, sie war so.

Da dröhnte aus dem kleinen Lautsprecher über ihren Köpfen die Stimme des Mannes in der Leitwarte: «Sind Sie steckengeblieben?»

Zugleich ruckte der Fahrstuhl ein paar Meter nach unten, und draußen hämmerte jemand gegen die Tür. Sie fuhren auseinander. Da sich die innere Sicherheitstür ein wenig auseinandergeschoben hatte, mußte der Mann draußen gesehen haben, was sich drinnen im Fahrstuhl abgespielt hatte. Aus seiner Perspektive, als hätten sie's auf einer Leiter getan.

Es war Herr Schwarz.

Doch wie immer stand er turmhoch über der Situation, ging mit keinem Wort auf das ein, was er gesehen haben mußte. Auch vermied er es, Marietta ins Gesicht zu sehen. Er lächelte nur asiatisch-undurchdringlich.

Bengler war die Situation peinlich genug. So vermied er es, sofort mit Schwarz wegen dem Eigentlichen zu sprechen.

Und als er sich dann gegen 17.00 Uhr endlich zu ihm wagte, fand er nicht ihn in seinem Büro, sondern eine ältere, aristokratisch-energische Dame, die sich als seine Mutter zu erkennen gab.

«Angenehm», sagte Bengler und gab sich, nachdem er sich seinerseits vorgestellt hatte, so liebenswürdig, daß sie – fast reflexartig – mit ihm zu plaudern anfing.

«Ich warte hier auf meinen Sohn; wir wollen erst essen und dann ins Theater gehen . . . Einmal in der Woche komme ich ja in die Stadt.»

«In die Stadt?» Bengler lächelte. «Als ob Sie auf dem Lande wohnten, gnädige Frau.»

«Nun, bei uns draußen in Frohnau . . .»

Frohnau. Fast hätte Bengler gesagt: genau wie Jerxheim. Er konnte sich gerade noch auf die Zunge beißen und murmeln: «Sicher – ja . . .»

«Aber meinem Sohn ist ja der Weg zu weit, jeden Tag zweimal . . .»

«Das kann ich schon verstehen», sagte Bengler. Vieles ließ auf eine pathologisch enge Mutter-Sohn-Bindung schließen.

«Kennen Sie eigentlich seine kleine Wohnung in der Lietzenburger Straße?» fragte sie Bengler. «Gleich am Olivaer Platz – reizend, ganz reizend!»

«Nein, leider nicht . . .» Bengler war mit seinen Gedanken schon ganz woanders. Er hatte in Jerxheims Haus gewollt – und hatte es mit dessen eigenen Schlüsseln geschafft. Nun wollte er in Herrn Schwarz' Wohnung – und wenn der nun heute abend mit seiner Mutter im Theater war . . .

Und als hätte sie seine Gedanken erraten, sagte sie jetzt: «Er hat ja seine Aufwartung, ja, aber einmal in der Woche muß ich doch kommen und nach dem Rechten sehen.»

Bengler machte artig sein Kompliment, ihre ungebrochene Schaffenskraft betreffend, hatte sich aber schon voll auf ihre krokoteure Handtasche konzentriert, die sie, leicht geöffnet, vor sich auf dem Schreibtisch ihres Sohnes stehen hatte. Und in dieser Tasche steckten doch sicher die Schlüssel zur Wohnung in der Lietzenburger Straße . . . Gedanke, Impuls, Handlung – alles war nur eine Sache von Sekunden.

«Ob Sie nicht doch ablegen wollen, gnädige Frau, es ist ziemlich gut geheizt bei uns, und wenn Sie dann nachher wieder ins Freie . . .»

«Ja, danke, das ist nett von Ihnen.»

«Hier ist auch ein Bügel . . . Moment bitte, darf ich . . .»

Mit ihrem Mantel riß er, scheinbar versehentlich, scheinbar ungeschickt, die Tasche vom Schreibtisch.

Wortreiche Entschuldigungen.

Sofort kniete er auf der safrangelben Auslegeware, den Schaden wiedergutzumachen, die Dinge wieder einzusammeln . . . Der einzelne Schlüssel mußte es sein, der Kreuzschlüssel, der auffälligste. Ein kurzes Schnipsen mit dem rechten Zeigefinger – und der Schlüssel flutschte unter den Beistelltisch, verschwand im Gewirr der Strippen von Telefonen und Diktiergeräten.

Das war's. Ihn nachher zu bergen, als Schwarz und seine Mutter längst zum Essen ins feudale Maître gegangen waren, erforderte von Bengler nicht mehr als die kleine Mühe des Bückens. Es war 18 Uhr 30, und da die Theater kaum vor 22 Uhr 30 den letzten Vorhang fallen ließen, hatte er mehr als vier Stunden Zeit zur Verfügung. So nahm er sich nicht einmal eine Taxe, sondern lief zu Fuß zur Lietzenburger Straße hinüber: immer die Leibnizstraße hinunter, über Kantstraße und Kurfürstendamm hinweg, bis zum Olivaer Platz, wo die Lietzenburger, zu einem kleinen Delta ausufernd, in den Boulevard mündete.

Wolfgang Schwarz. Hübsch, die Schrift des Namensschildes; freundlich, Messingglanz. Löwenköpfe und sidolgeputzte Türklopfer.

Und der Schlüssel paßte, er stand in der Wohnung. Es gab nichts mehr, was ihn aufhalten, was ihn von seinem Vorhaben noch abbringen konnte.

Er befand sich wieder voll in seiner manischen Phase; er war beschwingt, er war überaktiv. Und er kostete dieses euphorische Gefühl des Befreitseins, des Sieges auch aus: Er ließ sich Zeit, schaltete das Radio ein, dirigierte irgendeine Haydn-Sinfonie mit, indem er Karajan parodierende Armbewegungen vollführte, und holte sich schließlich aus dem Kühlschrank in der Küche eine kleine Flasche Sekt. Fast wäre er über die Diele getanzt, oder gehüpft, wie ein Kind. Er fand noch eine Dose Frühstücksfleisch, öffnete sie und aß das Zeugs mit den Fingern.

Nachdem er die Spuren seines Festmahls beseitigt hatte, machte er sich an die Arbeit. Die Wohnung war nicht groß – zwei Zimmer, Küche und Bad – und vollgestellt mit Stilmöbeln, Chippendale, die stark nach Kampfer rochen.

Das Herumstöbern in der fremden Wohnung erregte ihn, wie schon bei Jerxheim. Die Freuden des Voyeurs. Diese Erregung steigerte sich noch, als er Schreibtisch und Sekretär aufgebrochen hatte. Erst jetzt wurde Bengler so richtig bewußt, daß er mit seinen Aktionen nicht nur sich ins Gefängnis brachte, sondern auch Herrn Schwarz. Eine Tatsache, die ihn noch eifriger suchen ließ.

Und er hatte Erfolg.

Schwarz, in diesen Dingen offenbar genauso pedantisch wie er selbst, hatte alle aus den Unterschlagungen bei der Jerxheim KG stammenden

Summen fein säuberlich vermerkt. Nicht nur die Anteile, die er von Hülfenhaus erhalten hatte, sondern auch die Gelder, die er sich, sozusagen im Alleingang, mit einem speziellen Trick angeeignet hatte. Wie, das hatte Bengler bald erkannt – mit ein paar Tricks, die so simpel waren, so primitiv zugleich, daß er nie auf die Idee gekommen war, in dieser Richtung zu kontrollieren. Kein Buchhalter wäre auf die Idee gekommen ...

Bengler faltete die geheimen Aufstellungen des Vertriebsleiters zusammen und steckte sie in die Innentasche seines Jacketts. Jetzt zurück ins Büro, die Kontokorrent-Konten und Rechnungen prüfen, die Inventurlisten der letzten Jahre durchgehen – und dann konnte er Mannhardt am nächsten Morgen Material auf den Tisch legen, aus dem klipp und klar hervorging, daß und warum Schwarz und Hülfenhaus gelogen hatten.

Er trat wieder auf die Lietzenburger Straße hinaus, überquerte den Olivaer Platz, trank, anders war das nicht zu nennen, die Farben des abendlichen Kurfürstendamms. Er fühlte sich herausgehoben aus der anonymen Schar der anderen Fußgänger, er war gleichsam zum Platzen gefüllt mit dem Glücksgefühl der eigenen Größe: Da war einer aus freien Stücken bereit, dieser lebenswerten Welt ade zu sagen, um seine Schuld vor Gott und den Menschen zu sühnen. Das mußte ja, wenn es publik wurde, auf jeden Eindruck machen, auf einfache Gemüter wie auf intellektuellere Menschen. Und mit Bruder Hirsekorn war ja schon abgesprochen, wie die Priester und Diakone seiner Gemeinschaft der Bußfertigen ihn während seiner Gefängniszeit aufzubauen hatten: als großen Büßenden, unser aller Vorbild.

Sein Hochgefühl blieb und wurde noch gesteigert durch den Mythos des *Nocheinmal* und des *Zumletztenmal*. Noch einmal in den Schoß einer Frau eindringen, zum letztenmal, ehe Tegel kam. So geschah es geradezu zwangsläufig, daß er das erste Mädchen ansprach – Pelzcape und Stiefel –, das ihn ein wenig an Marietta erinnerte.

Anschließend saß er zum zweitenmal an diesem Tage im Maredo und schlug sich den Bauch voll: Wacholdergeräuchertes Forellenfilet, ein 250-Gramm-Black-Angus-Filet, Salat mit Tarragon-Dressing, eine gebackene Kartoffel mit Kräuterbutter, schwarze mexikanische Bohnen mit Zwiebeln, zwei Tassen Mokka. Den brauchte er für die arbeitsreiche Nacht, die jetzt noch vor ihm lag.

Müde war er nicht im geringsten, und wenn er es wirklich gewesen war, so machte ihn der abendliche Spaziergang zur Bismarckstraße hinüber wieder vollständig fit. Drüben strömten gerade die Besucher aus dem hell angestrahlten Opernhaus. Ob wohl einer von denen ahnte, daß es in zwanzig Jahren eine alles bisher Dagewesene in den Schatten stellende Oper über ihn und seine Geißler gab? So was konnte sich doch kein Komponist entgehen lassen! Abgesehen mal von den vielen Bü-

Wenn Herr Schwarz Geld unterschlägt . . .

. . . wird Geld zu Schwarz-Geld. Solange Schwarz weiß, daß niemand von diesem Schwarz-Geld weiß, wirkt sein Schwarz-Geld wie weiß. Aber wer weiß, wie lange? Schwarzes Geld wird nämlich viel schneller heiß als weißes.

chern, Sachbüchern wie Romanen, den Filmen und den Fernsehspielen, die ihn und seine Bewegung zum Thema hatten: Gerhard Bengler, eine buntschillernde, eine faszinierende Figur der Zeitgeschichte . . .

Er kam ohne jede Schwierigkeit in sein Büro hinauf; er hatte Schlüssel, und er kannte die Wachmänner. Daß sie in der Firma die Nacht durcharbeiteten, kam immer wieder mal vor.

Zum letztenmal die Arbeitsutensilien ausgepackt, noch einmal den Schreibtisch aufgeschlossen und den Rechner eingeschaltet. Abschied für immer, denn nach Verbüßung seiner Haftstrafe, da arbeitete hier schon längst ein anderer – und er selber war der Große Fährmann seiner weltweit erfolgreichen Büßerbewegung.

Er arbeitete verbissen. Es dauerte Stunden, aber je mehr Beweismaterial er zusammentragen konnte, desto munterer wurde er. Sonnenklar, daß Hülfenhaus und Schwarz mit aller Macht versucht hatten, ihn der Jerxheim KG zu erhalten und die Rückkehr des alten Hasen Rothkirch aus Neugablonz zu verhindern. Der hatte doch die Erfahrungswerte von früher noch im Kopf. Wäre er, Bengler, ins Gefängnis gewandert, hätten sie sich alsbald selber dort wiedergefunden.

Als Bengler alles Material über Dr. Hülfenhaus' Unterschlagungen zusammengetragen und säuberlich abgeheftet hatte, ging er noch einmal auf die Toilette, ehe er sich Schwarz und den ergaunerten Provisionen zuwandte. Er ließ sich kaltes Wasser über die Unterarme laufen, wusch sich mit einem angefeuchteten Tempotaschentuch den Schweiß von der Stirn und fand, als er sich im Spiegel musterte, daß sein Gesicht markant war, ungeheuer ausdrucksstark. Schon heute verfügte er über das, womit sich Menschen fangen ließen, aber nach den Jahren im Gefängnis würde er es in noch viel stärkerem Maße haben: Charisma. Und sein Großes Buch der Buße, das er nun endlich in aller Ruhe schreiben konnte, würde ihn schnell in den Rang eines Religionsphilosophen emporheben.

Sein Weg war der richtige, er war rundum zufrieden. Danket dem Herrn, denn er ist freundlich, und seine Güte währet ewiglich. Er war sich vollkommen sicher: Der Weg zu Gott und damit zu einem allseits erfüllten Leben, der führte nur über die Buße.

Jetzt noch das Beweismaterial gegen Schwarz zusammenstellen, dann ein paar Stunden auf der Liege im Erste-Hilfe-Raum schlafen, dann der Gang in die Keithstraße zur Mordkommission und die Präsentation des Gefundenen. Sein Sieg über Mannhardt . . . Er ging zurück in sein Büro.

Aber in diesem Büro stand jetzt Herr Schwarz. Mit einem Revolver in der Hand.

Bengler prallte zurück, zweifelte an seinem Verstand wie an der Realität dieser Szene – ein Trugbild! Nein, eher ein Karnevalsbild. Schwarz sah zum Totlachen aus. Das fettig-freundliche Buddhagesicht – und dann die Waffe in der Hand . . . Buddha mit Ballermann. Er hielt sie auch so, wie man ein benutztes Tempotaschentuch zur Toilette trägt.

Sie starrten sich eine Weile an.

Da waren sie sich jahrelang Tag für Tag mit ausgesuchter Höflichkeit begegnet, und nun . . . Es war nur schwer zu verarbeiten, obwohl beiden vom Verstand her natürlich klar war, warum sie nun diese beiden gänzlich anderen Rollen zu spielen hatten.

«Ich glaub, ich spinne», sagte Bengler schließlich.

Da begann auch Herr Schwarz zu reden, erklärte Bengler ganz genau, warum er hier stand. «Ich habe natürlich beim Nachhausekommen gemerkt, daß jemand in meiner Wohnung gewesen ist – die aufgebrochenen Türen. Und da mir meine Mutter schon vorher von dem Malheur mit der heruntergefallenen Handtasche berichtet hatte, da wurde mir auch sehr schnell klar, daß nur Sie dieser Besucher gewesen sein konnten. Sie wissen also alles?»

«Ja», sagte Bengler. «Ich hätt's Ihnen nie zugetraut.»

Schwarz lächelte. «Wenn Sie wüßten . . .»

«Was?»

«Daß diese Firma einmal meinem Vater gehört hat. Und der hatte sie wiederum von seinem Vater übernommen . . . Bis dann Jerxheim gekommen ist und meinen Vater mit ein paar bösen Transaktionen ausgebootet hat. Aber das wäre eine Geschichte für sich . . .»

«Und dann arbeiten Sie hier?»

«Das war das einzige, was mein Vater in den neuen Vertrag noch hineinbringen konnte: die Beschäftigungsgarantie für seinen Sohn, sozusagen den letzten Fuß in der Tür.»

Bengler wußte nicht, was er dazu sagen sollte; er wußte nur, daß er jetzt Zeit gewinnen mußte. Doch wie?

Stille.

«Aber Jerxheim!» stieß er schließlich hervor. «Jerxheim hätte doch was merken müssen!»

Schwarz lächelte. «Der? Ja, wenn er nur halb so stolz gewesen wäre auf sein Fingerspitzengefühl und seinen Instinkt. Andere Leute zur Strecke bringen, das konnte er – meinen Vater etwa –, brutal zuschlagen, ja, aber von den Feinheiten dieses Geschäftes hier, da verstand er in Wahrheit nicht viel, kein richtiger Durchblick, ein Barbar! Ich als Diplom-Kaufmann und Dr. Hülfenhaus, seine akademischen Hofnarren, die er jeden Tag unterbutterte – ja, mit dem Mund. Seine Überheblichkeit hat ihn blind werden lassen – und uns hat sie gereizt, gereizt, ihn mal tüchtig reinzulegen. Ein bißchen Spiel war auch dabei, Hülfenhaus war ja der geborene Spieler.»

Bengler nickte, und Bengler war froh, daß Schwarz pausenlos redete. Solange Schwarz redete, konnte er noch hoffen.

«Aber das allein war's wohl nicht», sagte Schwarz, während er mit seiner Waffe spielte wie sonst immer mit seinem Kugelschreiber, «da sind auch die hohen Gewinne hier. Wären sie in den letzten Jahren nicht so immens gewesen, wären unsere illegalen Entnahmen mit Sicherheit schon aufgefallen – aber so . . . Wir wußten schon, wo der Grenzwert war, bis zu dem Jerxheim nichts merkte, von Ihnen mal ganz zu schweigen. Keinem Menschen fällt doch auf, wenn man aus einem vollen Eimer einen kleinen Becher voll Wasser entnimmt, noch dazu, wenn dieser Wassereimer ständig von allein wieder volläuft . . .»

Bengler stimmte ihm zu, Bengler war mit aller Kraft bemüht, die Szene zu einem gemütlichen Plauderstündchen werden zu lassen.

«Und die Diamantina, die Scheinfirma von Dr. Hülfenhaus?»

«Das war ja nicht die einzige die ganze Zeit über, aber alles viel zu kleine Fische für Jerxheim, als daß er sich da mal selber eingeschaltet hätte, vielleicht mit dem Chef am Telefon . . . Nein, nein, das war eine Ebene zu niedrig für ihn. Jimmy Carter verhandelt doch auch nicht mit Amtsrat Schulze, wenn er Verträge mit uns abschließen will.»

Neue Themen finden – schnell – ein neues Thema!

«Ich versteh bloß eins nicht – *ich* war doch schließlich auch noch da?»

Schwarz setzte sich auf Frau Hirsekorns Schreibtisch und spielte mit ihrem buntbemalten Steinmännchen. «Sie? Sie haben uns doch wie Halbgötter behandelt, uns beide, und Dr. Hülfenhaus hat keinen Tag vergehen lassen, Sie weiter einzuschüchtern. Ihnen durfte einfach niemals der Gedanke kommen, uns genauer auf die Finger zu sehen – und er ist Ihnen ja auch niemals gekommen. Und schließlich haben wir Ihnen Ihr Vertrauen auch gedankt: mit dem falschen Alibi.»

Es war schmerzlich für Bengler, wie Schwarz ihn jetzt vorzuführen begann; das alte Katz-und-Maus-Spiel. Aber er wehrte sich nicht, in der Hoffnung, damit bei Schwarz Aggressionen abzubauen.

«Ihre Schwächen, mein lieber Bengler, die sind doch für uns offenkundig gewesen», fuhr Schwarz fort. «Aus Ihrem Leistungsprofil ließen sich doch ohne Mühe zwei Extreme herauslesen: Auf der einen Seite sind Sie der treuherzig-pedantische Formalist, auf der anderen der großartige Theoretiker. In der Mitte aber, wo es um Erfahrungen und den buchhalterischen Instinkt geht, um den Praktiker, der mit allen Wassern gewaschen ist, da klafft bei Ihnen die große Lücke. Keine Branchenkenntnisse, keine Erfahrung mit Inventuren und vor allem: Sie kennen ja kaum einen unserer Lieferanten persönlich. Statt mit denen mal so richtig durch die Bars zu ziehen, da haben Sie ja Ihre Predigten vorbereitet. Vielleicht hätten Sie sonst die Lieferanten herausgefunden, die nur fingiert waren, oder mal was von meinen Provisionen gehört . . .» Schwarz zerlegte das bunte Steinmännchen in seine Einzelteile. «Und Dr. Hülfenhaus, der war noch besser als ich. Gleichzeitig Leiter der kaufmännischen Verwaltung – und damit des Einkaufswesens – und der Lagerhaltung. Wie der Jahr für Jahr die Inventuren gefälscht hat, das war schon gekonnt . . .»

Bengler, einzig und allein von dem Gedanken getragen, das Gespräch nicht abreißen zu lassen, brachte sich wieder ins Spiel. «Ja, ich verstehe ... Die Einkaufsseite, ja, da konnte sich Dr. Hülfenhaus die Firmengelder am risikolosesten aneignen, sicher: die fingierten Lieferanten-Rechnungen als sachlich richtig gekennzeichnet und mir durch seine Unterschrift sowie durch einen entsprechenden Vermerk bestätigt, daß die Lieferungen in vollem Umfang erfolgt waren. Und arglos, wie ich war, hab ich dann jahrelang die Bezahlung über EDV und durch unser externes Rechenzentrum in die Wege geleitet – auf ebenfalls fingierte Bankkonten, Konten von Dr. Hülfenhaus. Ich ahnungsloser Engel!»

Jetzt fiel Bengler nichts mehr ein. Reden – reden – worüber konnte man bloß noch reden!? Vielleicht biß Schwarz noch mal an, wenn er ihm den Köder Jerxheim hinwarf; die Rechtfertigung all dessen, was er getan hatte.

«Und Sie haben, Sie haben das alles bloß getan, um Jerxheim die Firma wieder abzujagen ...?»

«Ja, sicher», sagte Schwarz und warf die Reste des Steinmännchens in Frau Hirsekorns Papierkorb. «Jetzt muß ich nur noch seinen Sohn vom Spielfeld entfernen, diesen grünen Jungen da – ein Kinderspiel. Bald wird die Jerxheim KG in derartige finanzielle Schwierigkeiten geraten, daß sie Konkurs anmelden muß – und dann wird meine Mutter die Firma zurückkaufen, zurück in den Besitz unserer Familie, wie wir's meinem Vater versprochen haben, als er für immer die Augen schloß. Darum stehe ich hier, und darum werde ich Sie mit allen Mitteln daran hindern, mich der Polizei auszuliefern. Denn ich habe nichts Kriminelles getan, ich habe nur die Gewinne entnommen, die mir an sich zugestanden hätten.»

Bengler begriff nun endgültig, daß Schwarz das ernst meinte.

«Bitte gehen Sie dort hinüber zum Zerreißwolf und drehen Sie all das Material durch, das Sie über mich und Dr. Hülfenhaus zusammengetragen haben.»

Bengler war es siedendheiß geworden. Er gehorchte zunächst und begann mit der Vernichtung der unwichtigsten Beweisstücke. Aber was dann, fragte er sich, wenn die letzten Papiere zerfasert waren: die in seinem Hirn gespeicherten Daten, die blieben doch ungelöscht. Und mit diesem Wissen allein konnte er Schwarz noch immer überführen. Was also?

Blieb nur die eine Antwort: Schwarz mußte diesen Speicher vernichten, das hieß, er mußte ihn erschießen. Bengler wußte genau, daß Schwarz in gewisser Weise ein Pendant zu ihm war: genauso zwangsneurotisch auf bestimmte Dinge fixiert wie er.

Und Schwarz hielt die Waffe in der Hand.

Aber vielleicht ließ sich mit Schwarz noch verhandeln ... Bengler unterbrach seine Arbeit am Zerreißwolf und sagte: «Und was soll dann werden, wenn ich hier fertig bin?»

Herr Schwarz sprach zu sich selber, philosophierte. «Notwehr. Ich habe Sie heute abend entlassen. Sie hatten Hausverbot. Als ich Sie hier erwischt habe, haben Sie sich auf mich gestürzt und mich bedroht. Oder Sie begleiten mich – noch einmal in meine Wohnung zurück. Vielleicht sieht uns niemand: Dann habe ich Sie überrascht, als Sie meinen Schreibtisch aufgebrochen haben ...»

Bengler war zu keinem klaren Gedanken mehr fähig. Schließlich sagte er: «Ich kann ja auch schweigen. Ich kann ja auch anders Buße tun; ich muß ja nicht unbedingt nach Tegel.»

Schwarz lächelte. «Das ist doch krankhaft bei Ihnen, Sie können davon nicht mehr ablassen, von dieser fixen Idee nicht mehr loskommen, Sie können es nicht – und wenn Sie es zehnmal wollten!»

Bengler wußte, daß der andere recht hatte. Er wußte aber auch, daß er recht hatte, wenn er sich mit ebendenselben Worten an Herrn Schwarz wandte ... Sie waren beide Gefangene ihrer selbst.

Mit dem einen Unterschied, daß Schwarz am Leben blieb, während er hier starb.

Schwarz sinnierte weiter: «Wenn man Sie morgen früh hier findet, erschossen, dann wird es keinem Menschen einfallen, irgendeinen Verdacht gegen mich zu erheben. Weshalb denn auch? Ich hätte ja keinerlei Motiv. Einen Zeugen gibt es nicht – und ich habe durch meine Mutter ein Alibi, das nie und nimmer zu erschüttern ist ... Einbrecher, die an unsere Tresore wollten, nicht ahnen konnten, daß Sie noch hier waren und gearbeitet haben. Sie hatten viel nachzuholen, aufzuarbeiten – Ihr Unfall, die Zeit, die Sie durch all die Verhöre verloren haben ...»

Bengler hatte keine andere Wahl, als an seiner bisherigen Strategie festzuhalten: ihn hinhalten – reden – Zeit gewinnen. Ein Argument finden, das Schwarz aufhielt, so wie eine Straßensperre einen Panzer aufhielt.

Und er fand es.

«Was haben Sie nicht alles angestellt, damit der neue Buchhalter nicht kommt ... Und jetzt wollen Sie mich hier abknallen? Das ist doch das sicherste Mittel, daß er wirklich kommt!»

Schwarz war irritiert, Schwarz war aufgehalten worden.

Und Bengler stieß nach. «Man kann doch kein Problem lösen, indem man es schafft!»

Bengler sah wieder Land, Bengler schmeckte schon die erste Euphorie.

Doch Schwarz war unaufhaltsam, Schwarz hatte sofort wieder Boden unter den Füßen. «Sicher, der neue Buchhalter wird kommen, aber nicht der legendäre Rothkirch – keine falschen Hoffnungen. Der bleibt in Neugablonz, der ist inzwischen befördert worden. Sein Chef mußte mir doch irgendwie danken, daß ich den Verkauf seiner Produkte in Zukunft in besonderer Weise fördern werde. So was braucht Zeit, aber nun hab ich's geschafft. Also nicht Rothkirch, sondern ein junger Spund, der billig ist – billig und unerfahren –, und der wird nichts mehr herausfinden, was mich belastet, was Dr. Hülfenhaus bloßstellt – es sind ja alle Unterlagen vernichtet worden, die uns gefährlich werden konnten. Und der sieht sich auch nicht jede Zahl an und vergleicht sie mit früher. Außerdem: Wenn es noch ein paar Ungereimtheiten geben sollte, ich kann ja später alles auf Sie abwälzen. Ja, mein lieber Bengler, es gibt außer meinem Gehirn nur noch eine einzige Stelle, wo das alles gespeichert ist – Ihr Gehirn.»

Bengler war nahe am Ertrinken, doch Bengler kämpfte weiter.

«Es geht doch jetzt gegen Jerxheim junior. Wenn wir nun beide zusammenhalten, wir beide, wir hätten ihn doch im Nu zur Strecke gebracht, und Sie hätten die Firma wieder.»

«Und Sie könnten mich dauernd erpressen – Gelder für Ihre komische Sekte . . . Nee, Bengler, bei mir nicht!» Nachdem Herr Schwarz dies kühl-distanziert gesagt hatte, fast stoisch, folgte urplötzlich eine Eruption. «Auch wegen Marietta nicht! Ich hab schließlich nicht mein ganzes Leben drauf verzichtet, um jetzt noch von Ihnen . . .» Er keuchte.

Bengler begriff, daß er sterben mußte. Aber er wollte sich nicht abknallen lassen wie eine dreckige Ratte. Er sprang Schwarz an.

Vielleicht war er zu schwach, um abzudrücken.

Vielleicht traf er nicht.

Vielleicht war sein Revolver leer.

Doch Schwarz war nicht zu schwach, sein Revolver war auch nicht leer, und er traf.

Bengler fühlte die Geschosse wie Hiebe mit einem Knüppel; richtig weh tat es gar nicht. Er packte Schwarz, rang mit ihm. Jacob ringt mit dem Engel. Nein, Schwarz ist kein . . . Sie waren auf einmal auf dem Balkon. Er würgte Schwarz. Schwarz biß ihn in die Hand . . . Hat der eigentlich die Pistole verloren? Er trat Schwarz in den Bauch. Schwarz taumelte gegen das Balkongeländer. Bengler stolperte, prallte gleichzeitig gegen das Geländer. Es riß aus der Wand.

So stürzten sie in die Tiefe. Beide.

11

Mannhardt war müde, schläfrig, schlapp. Der Grillteller eben beim Jugoslawen, das große Bier dazu . . . Und noch vier Stunden hier hocken und Akten aufarbeiten. Er gähnte laut und anhaltend. Was hätte man nicht alles tun können, wenn man nicht gezwungen gewesen wäre, hier zu sitzen und sich um Mord und Totschlag zu kümmern. Und wozu das alles? Nichts hatte er bisher bewirkt, absolut nichts.

Er angelte sich Kochs Morgenzeitung vom angrenzenden Schreibtisch. Aber die verstärkte sein Magendrücken noch um ein Vielfaches. Was für herrliche Sprüche die wieder klopften, Journalisten wie Politiker. Es war schon atemberaubend, mit anzusehen, wie in dieser Gesellschaft Widersprüche durch Sprüche verkleistert wurden. Ärgerlich blätterte er weiter, bis er zur Fußballseite kam. Erst hier vertiefte er sich in die einzelnen Berichte. Am meisten freute er sich über die Spielberichte und Tabellen aus den unteren Fußballregionen. SpVgg. Bad Pyrmont, SV Friedrichsort, Preußen Hameln, Heider SV, Eintracht Nordhorn. Ortsnamen, Städtenamen, die seine Sehnsucht erweckten nach einer kleinen Welt, die freundlich und gelassen, die in sich geschlossen und überschaubar war. TuS Celle, Blumenthaler SV und – na bitte! – TSV Bramme – FC Wunstorf 3:1.

Bei Bramme mußte er automatisch an das *Brammer Tageblatt* denken und natürlich daran, daß er dessen Chefredakteur noch ein paar Informationen schuldig war. Das traf sich gut, er hatte plötzlich Lust zum Schreiben. So kam er am ehesten über seinen toten Punkt hinweg.

Lieber -ky!
Seit unserm letzten Treffen sind ja nun einige Wochen ins Land gegangen, und hier ist eine Menge passiert, was Dich sicherlich interessieren wird. Gestern mittag hat sich ja, wie Du vielleicht schon wissen wirst, der so lange von uns gesuchte Jugendliche Uwe Kurz in Hannover der Polizei gestellt. Wir haben ihn heute den ganzen Vormittag über verhört. Er hat zugegeben, zur Tatzeit in der Firma gewesen zu sein. Er habe aber die Tür zum Chefzimmer schon verschlossen vorgefunden und lediglich durch das Schlüsselloch gesehen. Da habe Jerxheim schon tot und in einer Blutlache auf dem Teppich gelegen. Daraufhin sei er in Panik geraten und habe die Flucht ergriffen, weil er fest damit rechnen mußte, daß man ihm den Mord anhängen würde. Wie gesagt, den Mord streitet er ab, gibt aber zu, Jerxheim erpreßt zu haben – wegen der bekannten homoerotischen Beziehungen und der Szenen im Keller. Offensichtlich hatte Jerxheim nicht mehr zahlen wollen, so daß

In dieser Sekunde tauchte Olscha in der Tür auf, und Mannhardt hielt es für besser, den Brief an -ky unter den ausgebreiteten Aktenstücken verschwinden zu lassen. Es mußte ja nicht jeder wissen, zu wem alles er einen Draht hatte. Außerdem steckte ihm die Furcht eines jeden Beamten in den Knochen, irgendwann einmal wegen der Weitergabe vertraulicher Informationen disziplinarrechtlich belangt zu werden.

Olscha, ansonsten immer ein fixer Mitarbeiter und eher etwas überdreht, kam nur zögernd näher. «Wir haben da mal alle Fotos durchgesehen, die von Bengler existieren . . . Hier ist eins – das umgebaute Kino in der Schlüterstraße. Da kommen gerade welche zu den Diakonen nach vorne, ihre Sünden eintragen lassen. Sehen Sie mal, ich hab Ihre Tochter zwar nicht oft gesehen, aber das hier, das ist sie doch . . .?»

Sie war es.

Und neben ihr stand Roland Anterhaus. Ihr Schulfreund. Der rituelle Selbstmord. Der Keller draußen in Hermsdorf.

Bilder wie Faustschläge.

Mannhardts Kreislauf. Einen Augenblick lang Blutleere im Gehirn. Ein Gefühl, ins Nichts zu stürzen. Ungefähr wie damals, als er in der ersten Runde k.o. gegangen war. Beim Polizeisportverein. Grüne Hosen, weiße Hemden . . .

Nach Stunden, so schien es ihm, hörte er sich dann aus weiter Ferne sagen: «Danke . . .» Er nahm noch wahr, daß Olscha wieder ging.

So, wie er damals im Unterbewußtsein in seine Ringecke gegangen war, so roboterhaft handelte er jetzt: Erst nahm er einen Schluck aus der Coca-Flasche, seit dem Alkoholverbot bei der Berliner Polizei stets ohne Rum, dann wählte er seine Hermsdorfer Nummer.

Niemand zu Hause.

Weder Lilo noch Elke, auch Michael nicht.

Er mußte raus hier, sich bewegen. Er riß die Tür zu Olschas Zimmer auf. «Mir ist nicht gut, ich geh mal 'n Moment den Kanal lang.»

Dann war er draußen und lief ziellos Richtung Tiergarten.

Elke und Bengler.

Sie mußte raus aus Berlin. Weg, weit weg. Und wenn ich zehn Kredite aufnehmen muß – die kommt in ein Internat, die kommt nach Westdeutschland!

Langsam beruhigte er sich wieder.

Er kam an ein paar Nutten vorbei, Autostrich, und sofort war der Beamte in ihm in hohem Maße erschrocken: Wenn dich einer von den Kollegen hier sieht, dann denkt der noch, du hättest mit denen hier gebumst, hinten auf'm Parkplatz.

Mit schnellen Schritten kehrte er zur Keithstraße zurück.

Obwohl er schon wesentlich ruhiger geworden war, wählte er, kaum daß er wieder am Schreibtisch saß, seine private Nummer. 404 71 und so weiter. Wieder keiner da. Oder? Er wartete. Manchmal, wenn sie im Garten draußen waren, dauerte es schon.

In diesem Augenblick kam Dr. Weber ins Zimmer; ohne anzuklopfen, wie immer. *Bei mir hier hat keiner was zu verbergen.* Er sah Mannhardt angriffslustig an. «Also nicht Kurz?»

Mannhardt, wieder mal ertappt, denn Dr. Weber wünschte keine Privatgespräche während der Dienstzeit, erhob sich schnell. Dr. Weber sah es immer als Affront an, wenn seine Untergebenen (sprich: Mitarbeiter) sitzen blieben, während er mit ihnen sprach.

«Er ist am Ende, durch und durch mürbe, und er gibt auch alles andere zu: nur den Mord nicht.»

Dr. Weber blätterte in der neusten Ausgabe der *Kriminalistik*, die

Mannhardt stets auf dem Schreibtisch liegen hatte, um sich den Anstrich des weiterbildungsbeflissenen Beamten zu geben. «Was ist denn das für'n Artikel hier: Wirtschaftliche Interessen können vorbeugender Verbrechensbekämpfung im Wege stehen. – So. Die werden wohl auch immer linker . . .» Er schlug das Heft zu. «Und Sie glauben, daß Kurz die Wahrheit sagt?»

«Ja – jedenfalls zu 95,9 Prozent.

«Weil kein Erpresser . . .»

«Jaja, ich weiß: die Kuh schlachtet, die ihm die goldenen Eier legt!» Dr. Weber haßte abgestandene Redewendungen.

«Wenn er es gewesen wäre, hätte er auch das Geld mitgenommen.»

«Vielleicht ist er gestört worden?»

«Von wem denn? Und außerdem: hätte er dann noch genug Zeit gehabt, die Türen zum Chefzimmer allesamt wieder abzuschließen? Und womit denn? Er behauptet, was ja auch für einen Boten relativ logisch klingt, nie einen Schlüssel zum Chefzimmer besessen zu haben.»

«Als Botenjunge nicht, aber als Jerxheims – na: Geliebter vielleicht?»

«Das ist ihm unmöglich nachzuweisen», sagte Mannhardt.

Dr. Weber fixierte ihn durch seine randlose Brille. «Sie glauben also, daß Kurz als Täter ein für allemal ausscheidet?»

«Ja.»

«Und wer soll Jerxheim dann getötet haben? Dann spricht doch alles für beziehungsweise gegen Schwarz – oder?»

«Der hat zwar ein handfestes Motiv dafür, aber ich glaube nicht daran, daß er's gewesen ist.»

«Sie bleiben also bei Bengler?»

«Ja, ich bleibe bei Bengler.»

«Mensch, Mannhardt, das ist doch schizophren! Erst setzen Sie Himmel und Hölle in Bewegung, um Benglers Geständnis ad absurdum zu führen und ihm nachzuweisen, daß er's gar nicht gewesen sein kann – und jetzt sind Sie mit ungeheurem Aufwand und mit fanatischem Eifer dabei, Bengler die Tat nachzuweisen. Verstehen Sie denn nicht, daß wir uns damit in der Öffentlichkeit nur lächerlich machen!? Der Polizeipräsident will endlich handfeste Beweise – und nicht immer nur dunkle Vermutungen.»

Mannhardt schluckte. «Ich bin ganz sicher, daß Bengler es war, aber ich kann ihn nirgendwo fassen . . .»

Dr. Weber wehrte ab. «Ich weiß, ich weiß: Jetzt kommt der berühmte Pudding, den keiner an die Wand nageln kann. Sie steigern sich da in was hinein, Mannhardt, und das führt zu nichts, das schadet uns allen. Mein Gott, akzeptieren Sie doch endlich unsere gemeinsame Sprachregelung, daß Schwarz den Jerxheim getötet hat: Schwarz hat das überzeugendste Motiv von allen drei Tatverdächtigen – und vor allem: Schwarz ist tot!»

«Aber Bengler ist doch eine unheimlich große Gefahr für uns alle, und . . .»

«*Sie* sind eine unheimlich große Gefahr für uns alle!» sagte Dr. Weber, mit aller Schärfe, zu der seine nicht allzu kräftige Stimme fähig war. «Ich untersage Ihnen hiermit, Herrn Bengler weiterhin zu observieren und zur Sache zu vernehmen. Andernfalls werde ich mich gezwungen sehen, disziplinarische Maßnahmen gegen Sie in die Wege zu leiten.» Und im Hinausgehen: «Der Mann ist ja krank, der sollte mal zum Arzt gehen.»

Mannhardt war in einer Stimmung, die fremdwortversessene Psychologen mit präsuicidal beschrieben hätten. Dieses Arschloch! Man mußte mal was starten, um den zu Fall zu bringen. Vielleicht über den Personalrat . . .

Langsam beruhigte er sich wieder. Er machte sich daran, den Brief an -ky zu Ende zu schreiben.

es zum Streit gekommen war . . .

Mein Chef war eben hier, und es hat natürlich wieder Krach gegeben – um Bengler natürlich. Die meisten hier sagen, ich solle den armen Kerl, den Krüppel, wie einige sich ausdrücken, doch endlich zufrieden lassen, er sei ja nun durch seine Verletzungen und seine Leiden zur Genüge bestraft und habe ja im übrigen auch noch das Verfahren wegen Vortäuschung einer strafbaren Handlung durchzustehen. Aber das ist es ja: Er täuscht die Tat nicht vor, er hat sie wirklich begangen! Was war er doch wild darauf, daß wir ihm diesen Mord, diesen Totschlag abnehmen sollten! Was hat er mich deswegen bekniet! Und heute – heute will er's nicht gewesen sein, heute schiebt er alle Schuld auf diesen Vertriebsleiter, diesen Schwarz. Und warum? Weil er heute laut verkünden kann: «Mit zwei Kugeln im Leib habe ich den Sturz aus dem 6. Stockwerk überlebt – der Herr hat ein Wunder an mir vollbracht.» (So wörtlich in einer seiner zahlreichen Schriften.) Und wer will jetzt noch daran zweifeln, daß er vom «Herrn auserwählt» worden ist? Er hat einen unglaublichen Zulauf. Er habe die größten Sünden seiner Gläubigen auf sich genommen, die kleineren müßten sie selber durch eigene schmerzhafte Buße tilgen. Jeden Abend treffen hier irgendwo Geißler zusammen, und am nächsten Wochenende soll es eine Großkundgebung in der Deutschlandhalle geben: die Reinwaschung der Zehntausend. Und Bengler hat das Unternehmen fest in der Hand (die er natürlich auch aufhält; rechne bloß mal nach: pro Kopf eine Mark als Spende!). Du müßtest ihn mal sehen, wie er jetzt daherkommt: Hals und Teile des Hinterkopfes noch immer in einem Gipskorsett, die rechte Hälfte gelähmt, das eine Bein kürzer als das andere. Daß er überhaupt am Leben geblieben ist, hat er wohl in erster Linie der Markise zu verdanken, die der Caféhausbesitzer unten im Erdgeschoß noch aufgespannt gelassen hatte. Schwarz hat sie um ein paar Zentimeter verfehlt . . . Ich habe Bengler, seit mir die Ärzte die Erlaubnis dazu geben konnten, x-mal vernommen, aber jetzt komme ich einfach nicht mehr weiter . . .

Mannhardt legte den Kugelschreiber aus der Hand und blätterte wieder einmal in den Protokollen herum. Bengler, so schien es ihm, war ebensowenig zu fangen wie der Wind.

Mannhardt: Nun erzählen Sie mir doch mal, warum Schwarz auf Sie geschossen hat.
Bengler: Ich hab so das Gefühl, daß Sie noch immer daran zweifeln – oder?
M: Wenn ich nicht genau wüßte, daß man Ihnen die beiden Kugeln aus dem Körper rausoperiert hätte . . . Ein so sanfter Mann wie Schwarz!
B: Das war doch alles nur Tarnung. Jerxheim gegenüber kannte doch Schwarz nur ein Gefühl: Haß – und dieser Haß war grenzenlos. Da hat er dann an dem besagten Abend die Nerven verloren und Jerxheim mit der Sektflasche erschlagen.
M: Und das hat er Ihnen erzählt?
B: Ja, na sicher! Als er mich mit seiner Waffe in Schach gehalten hat. Das heißt, um es ganz genau zu machen: Ich habe ihm auf den Kopf zugesagt, daß er es gewesen sein muß – bei dem Motiv!
M: Den Vater zu rächen und die Firma zurückzubekommen?
B: Ja, genau.
M: Und woher wußten Sie das?
B: Ich hab mir die Gründungsgeschichte der Firma angesehen, die diversen Verträge . . .
M: Das erklärt doch noch immer nicht, warum Schwarz plötzlich eine Pistole in der Hand hatte und Sie . . .
B: Wie oft soll ich das denn noch sagen: Er hatte mir ein paar Stunden vorher fristlos gekündigt und mir Hausverbot erteilt. Als neuer Prokurist, da konnte er das.
M: Wenn das wirklich so gewesen wäre: Da hätte er doch nur die Polizei anzurufen brauchen.
B: Vielleicht hatte er Angst vor der, wahrscheinlich aber hat's den zweiten Kurzschluß bei ihm gegeben – wie bei Jerxheim.
M: Was hat ihn denn so gereizt?
B: Daß ich entgegen seinem Hausverbot noch in der Firma war, daß ich soviel über ihn wußte, daß ich ihm die Marietta ausgespannt hatte, daß ich ihn gebeten habe, genau wie der alte Jerxheim monatlich eine kleinere Summe an die Gemeinschaft der Bußfertigen zu überweisen . . .
M: War das eine Erpressung?

B: Nein – eine freundlich vorgetragene Bitte. Aber möglicherweise hat er es so aufgefaßt, wo ich nun sein Motiv kannte . . .

M: Das haben Sie sich an Hand der alten Verträge ganz einfach so zusammengereimt . . .?

B: Nicht nur an Hand der alten Verträge, auch an Hand verschiedener Bemerkungen meines früheren Chefs. Was meinen Sie denn, warum Jerxheim zur Gemeinschaft der Bußfertigen gestoßen ist: weil er sehr viel zu büßen hatte. Schwarz' Vater hatte nämlich seinetwegen Selbstmord begangen!

M: Nun ja . . . Aber vielleicht erklären Sie mir dann mal, warum Schwarz Sie – mit Hülfenhaus zusammen – in Schutz genommen hat, als Sie sich anfangs selber der Tat bezichtigt haben . . .?

B: Das war doch das Geniale daran: Auf diese Art und Weise war's doch völlig ausgeschlossen, daß der Verdacht jemals auf ihn selber fallen konnte. Jeder halbwegs vernünftige Mensch und jeder Kriminalbeamte mußte sich doch sagen: Wenn Schwarz wirklich der Täter gewesen wäre, wenn er Jerxheim wirklich getötet hätte, dann hätte er bei meinem Geständnis nur eins tun können: jubeln und nochmals jubeln. Außerdem: Wenn er mich aus der Schußlinie nahm, dann konnte das doch nur eine Konsequenz haben: Der Verdacht gegen Uwe Kurz mußte sich verstärken. Alles mußte jetzt auf Kurz deuten – mehr konnte Schwarz doch gar nicht erreichen. Durch Dr. Hülfenhaus hatte er ein materielles Alibi und durch mich ein moralisches. Ein genialer Schachzug – oder?

M: Nun ja . . .

B: Sein Freund Hülfenhaus, der wußte das ganz genau, der wußte, daß er einen Mörder deckte. Was meinen Sie wohl, warum der dann Ostern mit seinem Porsche gegen die Leitplanke gerast ist?

M: Und ich soll Ihnen wirklich abnehmen, daß Ihre ganzen Geständnisse nur Bluff waren, daß das alles nur gespielt war – wie Sie mich angefleht haben, Sie doch in Gottes Namen auf der Stelle festzunehmen, wie Sie mir gedroht haben, durch einen zweiten Mord den ersten quasi zu bestätigen . . .?

B: Ich war auf nichts weiter aus als auf Publicity. Mein Name jeden Tag in den Zeitungen – Schlagzeilen. Auf andere Weise hätte ich soviel Werbung nie und nimmer bezahlen können – das hätte Hunderttausende gekostet.

M: Es schien mir verdammt echt zu sein!

B: Ich kann das eben: Menschen überzeugen.

M: Mich haben Sie noch nicht überzeugt, mich nicht! Dann will ich Ihnen mal sagen, was ich für die Wahrheit halte. Bis zu dem Sturz aus dem Fenster Ihres Büros haben Sie sich wirklich stellen wollen – aus welchen Gründen auch immer, vielleicht war's Ihr Gewissen, vielleicht auch nur nüchterne Kalkulation. Egal, spielt auch keine

Rolle mehr. Jedenfalls wollten Sie sich stellen. Jetzt aber hat sich die Lage schlagartig geändert. Sie haben den Sturz überlebt, mit zwei Kugeln im Bauch. Ein Wunder also. Plötzlich waren Sie abgestempelt als Auserwählter des Herrn und als sein Prophet. Das mußten Sie natürlich sofort ausnutzen. In der Freiheit natürlich, im Gefängnis wäre das schlecht gegangen. Das wäre Punkt eins. Punkt zwei: Die Buße durch die Gefängnisstrafe hatten Sie ja nun nicht mehr nötig – Ihre Verletzungen, Ihr zerstörter Körper, das ist eine viel höhere, eine viel härtere Strafe. Buße genug. Ja, und drittens: Die Marietta ist Ihnen jetzt zugelaufen, die ist Ihnen hörig. Ein besseres PR-Girl können Sie sich gar nicht wünschen. Soviel Sex macht die Leute erst recht kirre! Das ist es doch alles, warum Sie die Tat plötzlich wieder abstreiten: weil Ihr Weizen jetzt blüht, weil Ihre Sekte im Augenblick Hochkonjunktur hat. Das ist meine Meinung dazu.

B: Darauf kann ich nur mit Lukas antworten: Bittet für die, so euch beleidigen. Und wer dich schlägt auf eine Backe, dem biete die andere auch dar . . .

Diese Unverschämtheit war es, die Mannhardt auch jetzt noch in Rage versetzte. Der Kerl wußte genau, daß er nicht mehr zu fassen war. Schwarz und Hülfenhaus konnten ihre Aussage, sofern sie wirklich falsch war (?), nicht mehr widerrufen, sie waren tot. Und alle, die die beiden gekannt hatten, wiesen den Gedanken weit von sich, sie hätten Bengler durch ein falsches Alibi nur retten wollen, um bestimmte eigene Interessen nicht zu gefährden. Welche Interessen denn? Schwarz' Mutter stritt das für das Privatleben ihres Sohnes ganz entschieden ab, ebenso wie die Witwe von Dr. Hülfenhaus für den Bereich ihres Mannes (und das Wort einer allseits bekannten Schauspielerin wog schwer), während Jerxheim junior seine Hand dafür ins Feuer legte, daß es in der KG keinerlei Verfehlungen der beiden gegeben hatte.

Dies war der Tatbestand, den Mannhardt jetzt kurz und knapp in seinem Brief an -ky zusammenfaßte. Er schloß dann mit folgenden Worten:

Ja, mein lieber -ky, damit wäre ich mit meinem Latein am Ende. Ich bin felsenfest davon überzeugt, daß Bengler es ist, der Jerxheim getötet hat – nicht Kurz (der ist im Grunde ein anständiger Kerl) und nicht Schwarz (das ist nicht der Typ, der mit bloßer Hand jemanden umbringen kann). Was hier in Klammern gesetzt ist, zeigt Dir aber auch, wie dünn meine Argumente sind. Alles wäre ja gar nicht so schlimm, wenn Bengler nicht diesen ungeheuren Zulauf hätte (ganz abgesehen davon, daß Kurz es kaum schaffen wird, wieder Boden unter die Füße zu bekommen, ist er doch nun ein für allemal als

Krimineller etikettiert und abgestempelt).

Überschrift für Dich: Der Mörder, der Karriere machte! Wie ich Dich kenne, wirst Du mir wieder vorwerfen, daß ich im Grunde meines Herzens nur neidisch auf Bengler bin und am liebsten er selber wäre. Vielleicht ... Aber das ist ja gerade das schreckliche: dies und die Massen, die sich seinetwegen geißeln. Was ist das doch für ein Nährboden in diesem Lande! Und nur in diesem Lande? Aber was soll das schon – die dummen Gedanken eines kleinen Kriminalbeamten. Auch ihr Journalisten, ihr könnt die Welt nicht ändern, aber vielleicht ein klein wenig mehr tun als ich selber ... Darum dieser ausführliche Brief.

In der Hoffnung, daß wir demnächst wieder mal unter glücklicheren Umständen zusammentreffen, grüßt Dich und die Deinen

sehr herzlich
Dein
Hans-Jürgen M.

Mannhardt verschloß seinen Schreibtisch und machte sich auf den Heimweg. Ehe er sich in seinen Wagen setzte, warf er noch den Brief nach Bramme in den Briefkasten. Überall waren die Wände und die Litfaßsäulen vollgeklebt mit Benglers Plakaten. Die Gemeinschaft der Bußfertigen rief alle Berliner zur ‹Reinwaschung der Zehntausend› in die Deutschlandhalle. *Tut Buße, denn das Himmelreich ist nahe herbeigekommen.*

Mannhardt freute sich auf den Feierabend, auf zu Hause, auf seinen Garten. Endlich hatte Lilo grünes Licht gegeben: Er durfte sich eine Modelleisenbahn draußen im Freien bauen. Sein Kindheitstraum. Da gab es jetzt unheimlich viel zu planen und vorzubereiten. Wenn Michael heute nicht soviel Schularbeiten zu machen hatte, konnten sie vielleicht schon mit den ersten Erdarbeiten beginnen. Es mußte eine tolle Trassenführung werden. Außerdem hatte er Elke versprochen, mit ihr Starts zu trainieren. Sie wollte in diesem Jahr die hundert Meter unter 13,0 laufen.

«Ist Elke noch nicht da?» fragte er auch, als er den Wagen in die Garage gefahren hatte.

Lilo sah ihn erstaunt an. «Ich denke, die wollte dich im Büro abholen.»

«Wann denn?»

«Um vier.»

«Mich hat keiner abgeholt, mir hat auch keiner Bescheid gesagt ...»

Danach VI

Gemeinschaft der Bußfertigen – Missionszelt am Lützowplatz.

Wir warten auf dem Vorplatz.

«Na?» fragt Mannhardt. «Willste nu rein, oder willste lieber nich?»

«Ist ja noch Zeit . . .» So wohl ist mir bei dem Gedanken noch immer nicht. «Bengler in natura . . . Wo ich schon mal in Berlin bin, da muß ich ja wohl – oder?»

Mannhardt nickt.

Um achtzehn Uhr soll die heutige Veranstaltung beginnen. Wir haben noch zwanzig Minuten Zeit.

Doch schon strömen die Leute ins Zelt.

Ich will jeden Menschen in dieser Stadt zur Reue und Buße entflammen! Mannhardt rüttelt an einem der übermannsgroßen Stellschilder. «Jeden Abend geißeln sich welche, und so was zieht nun mal . . .»

Es gibt Zeitungen hier, die Bengler aufgebaut haben; halb bewußt, halb unbewußt, auf alle Fälle aber systematisch. Unser geliebtes Berlin – wieder um eine Attraktion reicher geworden. Schließlich gilt es, die Lebensfähigkeit dieser Stadt zu sichern.

Zugleich beneide ich Mannhardt, daß er hier leben kann. Mitsamt Bengler und seinen Geißlerumzügen.

Was mir noch auffällt, ist, daß Benglers Gemeinde im Schnitt kaum älter als fünfundzwanzig sein dürfte. Von den alten Muttchen, die sonst die Mehrzahl der Kirchgänger ausmachen, ist kaum eins zu sehen. Vielleicht ist ihnen nur das Zelt suspekt. Aber Bengler wird ja bald das Geld für einen festen Bau zusammenhaben.

Das sind meine Gedanken; Mannhardt denkt an ganz was anderes, man sieht's ihm an.

«Elke kommt nun doch nicht nach Westdeutschland ins Internat», sagt er.

«Ist sie denn nun endgültig von Bengler geheilt?»

«Ja, ist sie.»

«Durch deine Überzeugungskraft oder wodurch?»

«Durch unsern Pfarrer draußen – Heidenreich . . . Der hat nach dem Tod von Roland Anterhaus mal ganz intensiv mit ihr gesprochen, sie mal so richtig ins Gebet genommen.»

«Na bitte, wozu bezahl ich schließlich Kirchensteuer.»

«Dabei hat er sie aber nicht nur von Bengler befreit, sondern auch noch von was anderem . . . Hat mit Theologie nichts zu tun, eher mit Gynäkologie.»

«Ach nee . . . Und?»

«So'n Dienst möcht ich auch mal haben.»

«Wenn's rauskommt, kriegt er mächtig Ärger.»

«'s muß ja nicht immer was rauskommen.»

«Darum war sie keinen Tag mehr zu Hause!»

Die wundersame Rettung der Elke Mannhardt. Was bleibt mir weiter übrig, als zu schmunzeln. «Und wieder eine Seele vom Geißlertum er-ret-tet-tet.»

Mannhardt sieht mich tadelnd an.

Drüben am Kanal formieren sich auch heute wieder linke Gruppen, um gegen Bengler und sein Tun zu protestieren.

Polizeiwagen fahren auf.